郵便配達人は愛を届ける

伊勢原ささら

幻冬舎ルチル文庫

C O N T E N T S ✦目次✦

✦カバーデザイン= chiaki-k(コガモデザイン)
✦ブックデザイン=まるか工房

イラスト・鈴倉 温✦

郵便配達人は愛を届ける

頬《ほお》を撫《な》でる風が、爽《さわ》やかな夏の息吹きを運んでくる。

昨日までうっとうしく降り続いていた雨も止《や》み、梅雨《つゆ》の厚い雲が切れた青空を、光本洋介《みつもとようすけ》は眩《まぶ》しげに見上げた。

今年もまた、夏がやってくる。

今はまだやわらかな日差しの中に、続く季節の微《かす》かな熱気を感じながら、洋介は自転車のペダルを踏み込む。

ハンドルから左手を離し、手首を返して時計を見た。三時五分前。今日も時間どおりだ。なだらかな上り坂の先にたたずむスラリとしたシルエットを認めた瞬間、体にまといつく不快な熱が一気に吹き払われた気がした。

ペダルにかけた足に力が入り、相当年季の入った愛車は主人の求めに応じて、軋《きし》みながらも見る見るスピードを上げる。

気温だけなら、もう夏本番といってもいいくらいだ。それなのに、その人の上衣が袖口《そでぐち》のカフスまでしっかり留められた長袖なのは、透き通るような白い肌を容赦のない日差しから守るためか。光沢のある上質なオフホワイトのシャツとタイトなパンツ姿はシンプルだが、まるでファッション雑誌から抜け出てきたように垢抜《あかぬ》けている。

彼、久城悠月《くじょうゆづき》はそうして自然に立っているだけで、流行から見放されたこの山奥に都会の空気を持ち込んでいた。

スピードが増すに従ってそのシルエットは近くなり、秀麗な美貌《びぼう》が洋介の視界に鮮やかに映る。

目尻《めじり》の上がった切れ長の瞳。高く細い鼻梁《びりょう》と、禁欲的に引き結ばれ白い肌に映える紅《あか》い唇がはっきりと見える距離まで来て、洋介は自転車を停《と》めた。

「こんにちは、久城さん」

わざわざ門の前まで出て洋介が来るのを待っていたにもかかわらず、わずかに顎《あご》を引いただけで返事もしない相手は、人形めいた無表情のまま視線をスッとあらぬ方へ流した。その一見そっけない仕草一つで、決まった時間の配達に今日も彼が満足してくれたことが洋介にはわかった。

「郵便です」

と、前籠《まえかご》に入れたバッグの中から、洋介はいつものように一枚の絵葉書を取り出し、差し出す。

戻った視線が葉書に止まり、ポーカーフェイスがわずかに動いた。それは、常に久城のことを注意深くみつめている洋介にしかわからない程度の変化だ。整った顔に浮かぶ嬉《うれ》しさを噛《か》み締めるような淡い微笑は、洋介の胸にいつもチクリと痛みを走らせる。

久城は葉書を大事そうに受け取ると、「いつもどうも」とそっけなく言った。そのぶっきらぼうな一言だけで、微かな胸の痛みは消える。『嬉しい』という感情を素直に表せないのだろう彼の精一杯の感謝を受け取って、洋介はとても温かい気持ちになるのだ。

久城がわざわざ門の前に出て待っているのが自分ではなく、運んでくるその一枚の絵葉書だということはわかっている。それでもそのよく見なければ気付かないほどの笑顔だけで、洋介の内面にうずまく息苦しいほどの切なさは報われる。

「梅雨、明けましたね。いよいよ本格的に暑くなってきますよ」

葉書を届けたときだけ、久城は洋介と言葉を交わしてくれる。彼にとっては配達人に対する社交辞令程度の意味合いでしかなく、本心では面倒に感じているのかもしれないが、洋介はそのわずか一分にも満たない会話の時間を心待ちにしている。

「夏は嫌いだ」

久城の話し方は常に簡潔で、ときに突き放すように冷たい。

「久城さんは暑いのが苦手ですか?」

「得意な人間はいないだろう」

「俺は、夏の暑さは意外に好きなんです。ガンガンに暑い中、裏の川で魚を取るのはすごく気持ちがいいですよ。夏ならではの楽しみですね」

久城はコメントせず、酔狂な、とでも言いたげに、形のいい眉《まゆ》をわずかに寄せ肩をすくめるだけだ。そして、退場を促すように葉書に目を落とす。

葉書の差出人と距離を越えて語らう、彼の大切な時間を邪魔してはならない。

踵《きびす》を返しかけた洋介の視界の隅に、清らかな白い色が映った。荒れ放題の庭、背の高い夏草に埋もれるように咲いている可憐《かれん》な花が目に止まる。

「綺麗《きれい》だな……」

思わずつぶやきを漏らすと、久城がふと葉書から目を上げた。

邪魔をしてはいけないと思ったばかりだ。洋介はあわてて頭を下げる。

「それじゃ、失礼します」

「君」

方向転換しかけた背に、声がかかった。呼び止められたのは初めてのことだ。

振り向くと、久城は庭の隅にひっそりと咲くその純白の花を無造作に何本か摘み取り、洋介に差し出してきた。

「よかったら」

つっけんどんな口調だったが、不器用な彼なりの礼の気持ちが伝わってきた。

「とても可愛いマーガレットですね」

「マーガレット？　随分と洒落た名前なんだね。僕は花の名前はよく知らないんだ」

久城は興味なさげに洋介から目を逸《そ》らした。柄でもないことをしたと思っているのか、どことなく気まずげに見える態度が微笑《ほほえ》ましい。

差し出されたその可愛らしい花を、洋介は手を伸ばし受け取った。

「いただきます。ありがとうございます」

ほんの少しだけ触れ合った指先が、全身に電気を送り込むように甘さを流した。

久城は洋介の動揺に全く気付いた様子もなく、

「それじゃ」

と門を閉じ、そのまま背を向けた。

昭和の風情を感じさせる平屋建ての小さな家の中に、細い背が消えていくまで見送り、洋介はつかのまの夢から醒《さ》めたように現実へと戻る。

どこから来たのか、いつまでいてくれるのかわからない人だ。見どころと言ったら広大な自然しかない田舎に置くには、あまりにも違和感のある都会的な彼が、ここを一時的な『逃げ場』として滞在しているのだろうことは、なんとなく感じていた。

それでもできるなら、いつまでもいてほしいと願ってしまう。

手の中のマーガレットが、やわらかな夏の風に揺れた。汚れない白は目を惹《ひ》き付けるが、どこか摑《つか》みどころのない脆《もろ》さが危うげで、まるで久城のようだと洋介は思った。

＊

島根と岡山の県境に位置する式鳴村《しきなりむら》は、人口千人にも満たない過疎の村だ。六十歳以上の高齢者がほとんどを占め、皆細々と農業を続けているが、後継ぎの若者は都会へ働き口を求め、出て行ってしまう。今では村に残っている青年は、洋介を含めほんのわずかだった。

連なる山並みに囲まれ、どこまで行っても変わらない鄙《ひな》びた農村の景色の中を、洋介は今日も相棒の自転車で駆け抜ける。

のどかな田園風景の中、鮮やかに目立つ男らしい美貌。シャープな顔立ちがきつく見えないのは、少し下がり気味の目尻が柔和な印象を与えるからか。それとも内面から滲《にじ》み出る、優しげな雰囲気のせいなのか。

百八十センチを超える長身と引き締まった逞《たくま》しい体を包むにはあまりにも無粋な、シンプルな半袖シャツとネイビーのスラックスの制服は、飾り気のない健康的な短髪とともに、華やかな美貌をうまくぼかしてくれている。

未舗装の悪路をひた走るオンボロ自転車を器用に駈《か》る凛《り》々《り》しい配達員に、農作業中の老人達も手を止めなごやかに声をかけてくる。

山に囲まれた狭い村では、ほとんどが顔見知りで皆親戚のような付き合いだが、田舎特有の濃い人間関係をうっとうしいと思ったことは、洋介は一度もない。人と人との素朴で温かい繋《つな》がりは、居心地のよさと癒しをくれる。生まれ育った村の郵便局を就職先に選んだのも、穏やかな時間がゆっくりと流れるこの故郷を離れたくなかったからだった。

隣町の高校を卒業し村の局に配属されて四年。地味で平凡な毎日と傍《はた》からは見えるかもしれないが、洋介自身は充実した日々を送っている。

「ただいま戻りました」

通用口を開けると、エアコンの心地よい冷気が火照《ほて》った頬を冷ます。カウンターに並んで座った同僚と局長が、「おかえり」と笑顔で迎えてくれた。

式鳴村郵便局は、洋介も入れた三人で仕事を回している。カウンターに人が溜《た》まるのは年金の支給日くらい、あとは都会に出た家族に送る荷物を預けにくる人がたまにいる程度のこの局では、その戦力で十分だった。

今日も、カウンターは相変わらず閑古鳥《かんこどり》が鳴いている。

暇を持て余すと始まる、村の過疎化を憂う二人の世間話に笑顔で相槌《あいづち》を打ちながら、洋介は統括局から引き上げてきた村人宛《あ》ての郵便物をバッグから机にあけた。毎日それらの郵便物を仕分けし、各戸に配達するのが洋介の主な仕事だ。

件数自体は少なくとも、配達範囲が広く道路も整備されていないため、日によっては村の端から端まで数キロにわたる距離を自転車で往復せねばならず、楽な仕事ではない。特にこれからの真夏の時期や、雪の積もる真冬は骨が折れる。

だが洋介はこの仕事が好きだったし、やり甲斐《がい》も感じていた。会いたくてもすぐ会いに行けない距離にいる家族から、たまに届く便りを受け取る人達の嬉しそうな笑顔を見ると、疲れなど吹き飛んでしまうのだ。

今日の少ない配達分の中から目当てのものをみつけ、洋介の唇は自然に笑みを刻んだ。

指が摘《つ》まみ上げたそれは、一枚の絵葉書だ。

高台の一軒家の住所と、『久城悠月様』というボールペン字の宛先が豪快に躍っている。うまいとは言えないが味がある字だ。

裏を返せば、そこに描かれているのはダイナミックな水彩画。緑に黒い縞《しま》の入った円形の果物はかろうじて西瓜《すいか》とわかるが、微妙にデフォルメされていてなんとなくおかしみを誘う。

葉書の中央にでんと据えられた西瓜もどきの横には、荒っぽい黒字で簡単なメッセージが添えられている。

『今年の夏は暑いそうです』

味も素っ気もない一言だが、字が表情豊かなのでユーモラスな印象を与える。

クスリと笑って、洋介は葉書をもう一度表に返した。

差出人である東京都世田谷区在住の小野寺勝利《おのでらかつとし》という男は、月に三回、五のつく日に届くように、高台の麗人・久城悠月に宛てて絵手紙を送ってくる。正月には松飾り、四月には桜と、絵は時節に応じて変わり、メッセージとも言えないような味気ない一言が、いつも脇に添えられている。

久城がこの村の住人になって半年、絵葉書は一度も欠けることなく届いていた。そしてその定期便を、彼は必ず門の前まで出て受け取る。

そう、おそらく何よりも、久城は小野寺の絵葉書を待っている。

外の人間には容易に心を開かない閉鎖的な村の老人達に、『高台に越してきた気取ったよそ者は、目が合っても挨拶《あいさつ》もしない』と陰口を叩《たた》かれ、自らも他人と関わらず冷たい気を放っている久城が、十日に一度その葉書を受け取るときだけ見せる淡い微笑。凍った無表情が、その瞬間だけ素直な嬉しさと、ほのかな寂しさに彩られるのだ。

思い出すたびに洋介の胸を揺らすその表情は、本人が意図せずとも彼のその葉書への、いや、小野寺勝利という男への想いを語ってくれる。

洋介は久城のことをほとんど知らない。十日に一度絵葉書を渡して、挨拶程度の言葉を交わすだけの付き合い。友人ですらなく、ただの郵便配達人と地域住民の関係。

だが、久城が村の老人達の言うようにただの変人の気取り屋で、村を小馬鹿にしているから打ち解けようとしないのだという説には同意できなかった。

彼が村に馴染《なじ》もうとしないのは、おそらくこの地を仮住まいと考えているからではないのか。

久城がこの村にふらりとやってきて以来、その謎《なぞ》めいた美しさに惹かれ、みつめてきた洋介には彼がいつかは村を去っていってしまうような、そんな予感が常にあった。

「配達に行ってきます」

甘い切なさを振り切るように、洋介は席を立つ。郵便物を詰め込んだバッグを肩にかけ一歩外に出ると、息苦しいほどの熱気が全身にまといついてくる。

この暑さの中でも、久城は律儀に午後三時には門の外に出て、洋介が葉書を届けに来るのを待っているだろう。猛暑をみじんも感じさせないクールな横顔で、汗一つかかずに長袖のシャツをさらりと着こなして、今日も洋介を出迎えるのだろう。

十日に一度の五のつく日を待っているのは彼よりもむしろ、洋介の方なのかもしれなかった。

久城に初めて会ったのは半年前の冬の最中、隣村との境にかかる式鳴大橋の上だった。その日はひどい悪天候で、遥《はる》か眼下に急な渓流を従える長さ三十メートルの吊《つ》り橋は、目が眩《くら》むほどの絶景の中雪混じりの強風を受け大きく揺らいでいた。

村の人間でもそんな吹雪《ふぶき》の日に年季を経た吊り橋を渡ろうなどとは思わないものを、久城はその中央に立ち、いつ崩れるかもわからない手すりを両手で軽く持ったまま、眼下の川をじっとみつめていたのだ。

配達を終えた帰りにちょうど橋の袂《たもと》を通りかかった洋介は、視界に入ったその姿に思わず釘《くぎ》付《づ》けになった。

一瞬、背筋が凍った。昼間に幽霊に出くわしたような感覚だった。超然と浮世離れした久城の美しさがそう思わせたこともあるが、それ以前に、こんな悪天候の日に激しく揺れる不安定な橋の上に、表情一つ変えず立っていること自体が尋常ではなかったからだ。

だがその生気のない麗人は、明らかに幻影でも幽霊でもなかった。

我に返った洋介は愛車から降り、全速で駆け出した。そのいわくありげな人が、そこから飛び下りようとしているに違いないと直感したからだ。自殺の名所というほどでもなかったが、過去にもその橋から身を投げた人はいる。命を絶つという目的を確実に成し遂げるには、これ以上はないくらい絶好の場所なのだ。

毎日配達で鍛えている強靭《きょうじん》な足を取られることなく、大きく揺らぐ橋を一気に駆け抜け、前傾姿勢で今にも手すりを乗り越えていきそうに見えていた、その腕を掴んだ。

「早まるな！」

「えっ……」

相手が小さな声を上げ反射的に洋介の手から逃れようとするのを、強引に羽交い締めにして止める。

「諦《あきら》めちゃ駄目だ！　命は一つしかないんだから！」

「な……放……っ」

「俺でよければ話を聞く！　なんだって力になるから、とにかく思いとどまれ！」

「と、飛び下りるつもりはない！　放せっ」

凛《りん》と澄んだ声に思わず固まり、一瞬力の抜けた腕を乱暴に振り払われた。

自殺志願者は肩で息を整えると、真正面からキッと洋介を見据えた。

眦《まなじり》の上がった意志の強そうな瞳に睨《にら》み付けられ、その清冽《せいれつ》な美しさに洋介は改めて息を飲む。村の人間ではない。いや、周辺の村々一帯でも、これほど美しく洗練された人間がいたら目に付くはずだ。

彼は一体どこからやってきたのだろう。空からいきなり降ってきたと言われても信じてしまいそうな、生身の人間くささを感じさせない人だった。

「自殺しようとしたんじゃ……」

その美貌から目が離せないまま茫然《ぼうぜん》と問いかける洋介に、相手は苛立《いらだ》たしげに紅い唇を開く。

「あいにくだけど、まだそこまで絶望してないよ」

そう言って優雅な指が、風に吹かれ顔にかかった黒髪を掻《か》き上げた。

「あ、いや、すみませんでした。俺はてっきり、あなたが……」

落ち着いた物腰や超然とした態度は年上のような気がして、洋介は自然敬語になった。

美しい人はやれやれといった具合に細い肩をすくめる。そんな気障《きざ》な仕草が似合ってしまう人間は、村にはいない。

「別にいい。誤解されるような行動を取っていた、僕も悪かった」

本当に、そのつもりはなかったのだろうか。

最初に目にした瞬間の、彼の横顔を思い出す。能面めいた無表情は完全に空白で、何か大切なものを失ってしまったかのように虚《むな》しく乾いて見えたのだ。

「何をしていたんですか？」

思わず聞いた。聞くのが普通だろう。観光客など訪れるはずもない山奥、しかもこんな荒れた天気の日に、わざわざ歩き回る人間などいるはずがない。

「川を見ていたんだよ。勇壮な流れだな、と。いけないかな？」

それ以外に何かある？　とでも言いたげな相手に、洋介はわずかに眉を寄せる。

「こんな天気の日に、危険です。この手すりはかなり古いし、あなたは相当身を乗り出していた。事故にならないとも限りません」

「でもこの天気じゃなきゃ、この景色は見られないだろう。ほら」

彼は、見てごらん、とばかりに優雅に両手を広げた。それに呼応するように、サワザワと音を立てて激しく揺れる山肌を埋める木々。ギーギーと不吉な唸《うな》りを上げる橋。その下を地鳴りのような轟音《ごうおん》を立てて流れる渓流。

大いなる自然の力を見せ付けられる雄大な景色は、人間という存在の小ささを思い知らされるようで身がすくむ。晴天ののどかな口には豊かな感動をもたらす心地いい風景が、今は一転牙《きば》を剝《む》いて襲いかかってきそうな錯覚に囚《とら》われる。

「確かに、滅多に見られないスリリングな景色ですけど」

思ったままを口にしてみたら、その感想が気に入らなかったのか、相手は美しい眉をわずかにひそめた。

「スリリング？　随分と面白い表現だね」

「でも、だからって危険なことには変わりないですよ。もう行きましょう。風が強くなってきましたから」

伸ばした手で軽く腕を取る。すぐに振り払われた。

「触らないでくれ。一人で歩ける」

麗人は早口で言って、頼りない細さながら凛とした背を向ける。強風にうねる橋をよろめきもせずに足を運んでいくその姿は美しく、どこか他人を寄せ付けない気を放っていた。

「送ります」

洋介がそう申し出たのは、心配と純粋な興味との両方からだった。彼がどこから来た人間なのか、単純に知りたかったのだ。

足を止め振り向いた相手の横顔は、相変わらずの無表情だった。

「結構だよ。家までの道はわかる」

つっけんどんに言ってから少しためらい、問いかけてきた。

「君はもしかして、郵便配達員？」

洋介は自分の着ている全国共通配達員指定の制服を見直した。

「ええ。式鳴村郵便局の光本といいます」

「多分、世話になると思う。高台の家に、一週間前越してきたんだ」

謎を振り撒《ま》くようにそれだけ言い残して、そのままさっさと橋を降りていく背を、洋介は茫然とみつめた。

そうか、局に来る老人達が宇宙人でも見たように勢い込んで話していた、『高台の一軒家に来た謎のよそ者』というのは彼のことだったのか。

噂《うわさ》にも上るわけだ。この鄙びた過疎の村に置くには、彼はあまりにも美しい。

危なげない足取りで去っていく後ろ姿を見送って、洋介はもう一度遥か眼下に流れる川を見下ろした。

この荒々しい景色を冷めきった瞳でみつめながら、彼は一体何を考えていたのだろう。どこからどう見ても洗練された都会人である彼が、こんな人里離れた山奥に越してきた理由は何なのか。

氷の彫像のように感情の見えない横顔。頑《かたく》なに洋介を拒絶するその瞳の奥に、彼が必死で何かを隠しているように見えたのは錯覚か。

わからない。わからないから気になった。

そして尽きない疑問と同時に、胸の奥をくすぐられるような甘い感情が込み上げてくるのを、洋介は戸惑いとともに自覚した。

同性に惹かれる指向は自覚していた。だが、同類どころか同年代の若者すらいない狭い村で暮らし、局と家の往復が生活のすべてだった洋介は、全くと言っていいほど機能させていなかった部分を唐突に揺さぶられ動揺していた。

村のはずれの高台にぽつんと建つ古びた平屋は、彼にはあまりにも似合わない。だが、これからあの家に行けば彼がいるのだと思うと、変化のなかった単調な日々に眩しい光が差し込むように感じ、洋介の胸はほのかにときめいた。


久城との出会いを思い返しながら、洋介は高台へと続く長く緩やかな坂道を上っていた。

久城に届ける絵葉書も、これでもう何通目になるだろう。まるで嵐が見せた幻のようだったあの冬の日から半年、洋介は月に三回欠かさず彼宛ての定期便を届けている。

葉書を受け取りにわざわざ外まで出て待っているにもかかわらず、無駄な世間話をしない久城の『正体』はいまだ謎のままだ。生活用品などは定期的に隣町までまとめて買いに行っているようだし、高台の家にこもったきり下りてくることもほとんどない彼は村人達から敬遠されていたが、それを気にする様子は全くなかった。

久城はつまらない陰口や噂話の届かない場所で、ただ超然としていた。そして、何かを待っていた。待っているのは表向きは洋介が届ける絵葉書であり、本当に欲しいのはそこから始まる『変化』なのだろうと思えた。訪れるかもわからないその『変化』を、久城はただ一心に待ち続けているのだ。

洋介にできるのは月に三回、彼が待ち望んでいる葉書をちゃんと届けることだけだ。そしてそれを渡したとき形のいい唇に浮かぶ微笑を、秘かに心に焼き付けるのだけが許された褒美だった。

淡い苦味をそっと溜息《ためいき》で逃し、手首を返して時計を見る。二時五十分だ。いつもより少し早く着いてしまったが、久城は出て来てくれているだろうか。

高台の家が視界に入ってきたところで、洋介は思わずブレーキをかけた。

いつものように門のところまで出て来ている久城の前に、見知らぬ男が立っていたのだ。村の人間ではない。均整の取れた長身に洒落《しゃれ》たデザインのサマースーツ姿は、久城と同じ都会の香りをまとっている。遠目にも整っているのがわかる知的な美貌は、久城よりもかなり年上のように見える。

洋介はハンドルを切り、彼等の視界から逃れるように木陰に身を潜めた。

声は聞こえなかったが、一方的にしゃべっているのは男の方だ。熱を帯びた眼差《まなざ》しを久城に向け、何かを訴えている。対する久城は困ったように、いや、どこか悲しげに首を横に振っている。

肩に乗せられた男の手を、久城が払い背を向けた。会話はそこで終わった。

諦めたように肩を落とした男はしばし久城をみつめていたが、踵を返し家の脇《わき》に停められたベンツに乗り込む。エンジンがかけられ、滑らかに動き出した外車が坂道を下り白分の脇を過ぎて遠ざかっていくのを、洋介は息を詰め見守った。

全身の力が抜け、高鳴っていた鼓動が次第に落ち着いてくる。いわくありげな二人の様子が脳裏にフラッシュバックし混乱する中で、久城が車に乗せられ男と一緒に行ってしまわなかったことに、とりあえず安堵《あんど》していた。

視線を久城に戻す。彼はそこに立ったまま、眩しい空を見上げていた。その横顔がどことなく、出会ったときの空白の表情を思い出させ、洋介の胸をかき乱した。

ハンドルを切り返し、ペダルを踏み込んだ。なんとなく今、久城を一人にしておきたくなかった。

チリン、とベルを鳴らすと、表情のない顔が振り向いた。瞳に残っていた悲しさが跡形もなく消え、ガードを固めた読めないポーカーフェイスが戻ってくる。

「久城さん、こんにちは」

洋介は動揺を隠し、いつものように挨拶した。

「今日は、五分くらい早いね」

相手の口調もいつものそっけないもので、何事もなかったかのように冷静に戻っている。

「配達がスムーズに済んだので。……今日の郵便です」

差し出した葉書に手を出すのを、久城は一瞬躊躇《ちゅうちょ》する。それは初めてのことだった。

「いつもどうも」

機械的につぶやき受け取るが、その表情は変わらない。いつもの嬉しそうな微笑どころか、どこか悲しげな色が伏せがちな瞳に映っている。

それを見て、洋介は確信した。さっきの男が『小野寺勝利』、葉書の差出人なのだと。

根拠のない直感だったが、おそらく間違ってはいない。久城に嬉しい顔をさせるのも、悲しい顔をさせるのも常にただ一人、その男だけなのだろうと、そう思えた。

唐突に突き上げた胸を抉《えぐ》られるような痛みを耐え、洋介は笑顔を作る。今久城が悲しみを抱えているなら、自分まで深刻な顔をしていてはさらに重い雰囲気になってしまうと思ったからだ。

「この前いただいたマーガレット、まだ綺麗に咲いていています」

久城が夢から醒めたような顔を上げる。

「庭のはもう全部散ったのに」

どうでもいいという無感情な口調だった。

「花を長もちさせるのは得意なんです。真夏は花も弱くて、すぐ力がなくなったりしますけど、水遣《や》りの工夫一つですごく元気になるんですよ」

力のない、虚ろな目が洋介に向けられる。頭の中は他のことでいっぱいで、花にも洋介にも全く興味がないといった表情だったが、やや血の気の失せた唇が開かれ、「そうか」と小さく相槌を打った。

自分がいても久城にとってわずらわしいだけなのか、一人にしてやった方がいいのかと戸惑っていると、「続けて」と平坦な声で促された。

孤独の静けさが悲しみを深めてしまうことを、おそらく久城も知っているのかもしれない。

さりげなく庭に咲くマーガレットのように、自分も彼を癒すことができたらと願いながら、洋介は穏やかに話を続ける。

「まず花を切って生けたら、ある程度葉っぱや蕾を取ってしまうんです。それから……」

水遣りのコツについて一人で語り続ける洋介の話を聞いているのかいないのか、久城はぼんやりとあらぬ方をみつめ返事をしない。うざったいと感じているのなら、洋介に気を遣わずにさっさと家に入ってしまうだろう。

そうしないのは、こうして洋介が隣でとりとめのない話をしていることが、いくらかは彼の痛みを紛らわせる役に立っているのではないか。そう思いたかった。

「それと、切り口を熱湯につけると……」

「君」

静かな声に遮られ、洋介は口を噤んだ。さっきより意思を取り戻した、澄んだ瞳が向けられる。正面からじっとみつめられるのは初めてで、心が甘く騒いだ。

「もういいよ。……ありがとう」

礼の一言は気のせいか、いつもより幾分やわらかく響いた。

「久城さん」

背を向けた相手に、洋介は思わず声をかける。家に向かいかけた足が止まった。

何を言おうとしたのか自分でもわからず、洋介はためらう。

――何か俺に、できることがあったら言ってください。

本当に言いたいその一言は胸の奥に留《とど》め、「次は十五日に」とだけ告げる。相手は振り返らず、儚《はかな》い後ろ姿は家の中に消えていく。

今日は、久城の微笑を見ることができなかった。

どこか寂しげな背中が脳裏に残り、洋介の心は引き絞られるような切なさで覆われた。

*

――仕事はどうやら絵描きらしい。

久城について、そんな噂があることは知っていた。

仕事に出かける様子もなく日がな一日高台の家にこもっている彼が、どうやって生計を立てているのかについては、村人達の様々な憶測が飛んでいた。現《うつ》し身とは思えない美しさでも実体のある人間である以上、霞《かすみ》を食って生きていくわけにはいかない。

絵を描いているのではないかと言い出したのは、郵便局の同僚だ。ゆうパックで届いた荷物が、東京の有名な画材専門店からのものだったというのがその根拠だった。

絵描きという言葉で洋介が真っ先に思い出したのは、例の定期便の絵葉書だ。久城が大切な相手と絵で繋がっていることを思えば、もしかしたらその推理はあながち的外れではないかもしれなかった。

そして、その憶測がどうやら当たりだったと、洋介は偶然知ることになった。

カンカン照りの土曜の昼下がりだ。午前中から三十度を超える暑さに耐えかね、村の裏手の川辺に涼みに行こうと足を向けた洋介は、高台へと続く坂の下で久城とバッタリ出くわした。

「あ……久城さん。こんにちは」

思いがけない鉢合わせに洋介は感謝する。

別に狙っていたわけではない。目的の場所に行くのに、たまたまそこが通り道だったというだけのことだ。

だがもしかしたらほんの少しだけ、こんな偶然をどこかで期待していたのかもしれない。

数日前目撃した、久城と葉書の差出人と思われる男とのただならぬ様子は、今でも洋介の頭から離れてくれなかった。

彼は久城とどういう関係なのか。

一体何を話していたのか。

聞きたいことは山ほどあっても、聞けるはずがないこともわかっていた。

事情は知らなくてもいい。ただ、久城の悲しみがまだ癒えないのではと心配だったので、目の前の彼がいつもどおりのそっけない人形顔に戻っているのを見て、洋介はひとまず安心した。

喜びと安堵を隠せない笑顔の洋介に比して、相手はどう見ても会えて嬉しいといった顔ではなく、綺麗な切れ長の瞳を不審そうに細めみつめてくる。

この猛暑の中でも、久城はやはり長袖だ。その白い肌を無礼な日差しに少しでも晒《さら》すまいとするかのように、カフスも胸元のボタンも禁欲的なまでにきっちり留めている。相当暑いはずだが整った顔はクールそのもので、不快な様子などみじんも見せない。

「君、こんな時間にこんなところで何して……ああ、今日は土曜日か」

久城は納得したように頷《うなず》く。そして珍しいものでも見るように、Ｔシャツにジーンズというカジュアルな私服姿の洋介にザッと視線を流した。

身だしなみにはそれなりに気を遣っているつもりだが、洗練された都会人の彼からすればダサく映るかもしれない。気になる相手にカッコイイと思われたいのは正直なところだが、これが素のままの白分だからごまかしようがない。

「いつもと雰囲気が違うね」

まじまじと見られ、洋介は妙に緊張してしまう。

「休日はこんなもんです。どこか行かれるんですか？」

久城はその細い肩からずり落ちそうなほど大きなトートバッグを下げていた。

「決まってない。スケッチするのに適当な場所を探してるだけだ」

洋介の問いに面倒そうに肩をすくめ、つっけんどんに答える。

やはり、絵描きだという噂は本当なのかもしれない。そうなると今度は、彼がどんな絵を描くのかが気になり始めた。

相手の冷たい態度も気にせず、洋介はいつものようにフランクに話しかける。

「それだったら、これから俺が行く式鳴川の岸辺がおすすめです。水際の木陰で涼しいですし、川面《かわも》がキラキラして本当に綺麗なんですよ。この村には他にもいろいろいい場所がありますけど、真夏はやっぱりそこですね」

故郷自慢も加わり思わず熱が入ってしまう。

久城はわずかに首を傾《かし》げて、語る洋介をじっと見ていた。透明度の高い思慮深い瞳にみつめられ、洋介の鼓動がトクンと音を立てる。

「そう。じゃ、その川に案内して」

美しい人はわずかに顎を引き、洋介を促した。

「はい。歩いて十五分くらいですから」

久城の隣に並ぶとほのかな花の香りがした。もらったマーガレットの上品な香りに、それは似ていた。

さらさらと涼しげな音を立てて流れる川面は、夏の日差しを受けてダイヤモンドの粒をまぶしたようにきらめいている。岩肌を伝って落ちる天然の小さな滝が水煙を上げ、そこに差し込む光の反射で綺麗な虹ができている。

幅五メートルもない細い川の水は透明に澄んで、両手ですくって飲めそうなほどだ。迷い込んだ川魚が、時折キラリと背びれを輝かせて過ぎる。

そこは村人にすらほとんど知られていない、洋介だけの癒しのスポットだ。

自分だけの秘密の場所だったそこに初めて招待した客人は、生い茂る葉が屋根を作った木陰に座りスケッチブックを開いている。椅子《いす》代わりにした大きな岩に敷かれているのは、洋介が持参し提供したタオルだ。美しい客を直《じか》に硬い石に座らせ、その服を汚すのが嫌だったのだ。

洋介イチオシのその場所を、どうやら久城も気に入ってくれたらしい。いつもより幾分リラックスした表情で、左手に持った鉛筆を流れるように紙に滑らせている。自分ではぎこちなくしか動かせない左手を彼が器用に操っている様子はなんだか不思議で、いつまでも眺めていたくなる。

「僕のことは気にせず、勝手にやって」

じっとみつめていたことに気付かれてしまったのだろう。久城は滝の方に目を向けたまま、そっけなく言った。うっとうしいとか怒っているとかではなく、遊んで欲しそうにみつめる犬に「あっちへ行っておいで」と、優しく声をかけるような感じだった。

「あ、すみません。気が散ります？」

「別に。でも、お互い意識しない方が気楽だろう」

気ままな猫のような人だな、と思う。周りがどうだろうが、人にどう思われようが気にせず、常にマイペースだ。

無感情に見えるポーカーフェイスの裏に静けさと激しさ、強さと弱さを隠しているような不思議な魅力。けれどその底にある本当の彼は、とても見えづらい。

二人だけになれることなど、そうないだろう。正直なところもっと久城と話をしたかったが、絵の邪魔をしてはいけないと洋介はそっと息を吐き川辺へ踏み出す。

いつものようにジーンズの裾《すそ》をまくり上げ、靴を脱いで裸足《はだし》になると、緩やかに流れる水の中に入っていく。燦々《さんさん》と輝く日差しを背に受けても、冷たい水が火照った足を冷やしてくれて心地いい。体温が一気に下がっていくような気持ちのよさに、洋介の口元は自然に緩む。

ふくらはぎまで浸った脚を、くすぐるようにたまに過ぎていくのは鮒《ふな》などの川魚だ。手を伸ばしてもスルリと逃げられて、十回に一回くらいしか捕まえることができない。すくい上げるだけですぐに放してやるのだから、美しい連れのいる今日くらいは捕まってくれてもよそうなものだ。

久城はおそらく、洋介のことなど見ていないだろう。でも、そこに彼が座っていることを意識するだけで、洋介の鼓動は速くなる。久城といるときの、全身が羽毛に包まれるような心地よく優しい感覚は、それまで知らなかったものだ。

「君」

呼ばれた。顔を上げると、意外にも久城はじっと洋介をみつめていた。鉛筆を握った左手は今は止まり、訝《いぶか》しげに眉を寄せ首を傾げている。

「何をしてるんだ？」

まさか、見られていたとは思わなかった。つまらないことに夢中になっていたのが、急に恥ずかしくなってくる。

「ああ、魚の摑み取りです」

「は？」

表情の乏しい顔に疑問符が浮かび、細い首がさらに傾けられた。

「俺にとっての夏の風物詩なんですよ。こうやって、両手で魚をすくうんです。でも連中も本気なせいか、なかなか捕まってくれなくて」

「食われるとわかっているのに、捕まりたい魚はいないさ」

「食べませんよ。すぐに放してやるんですから。ただ、ピチピチした感触が気持ちいいんです。久城さんもやってみませんか？」

誘いに麗人は露骨に嫌そうな顔をし、すげなく首を振った。

「遠慮するよ」

そしてまたスケッチブックに戻る。洋介に話しかけたのはほんの気まぐれだったというように、見事にスイッチを切り替えて自分だけの世界に没頭していく。

彼はどんな絵を描くのだろう。気になり出したら、見たくてたまらなくなった。

「久城さん」

返事はない。目だけがわずかに上げられる。

「久城さんは、絵を描く仕事をされてるんですか？」

『君には関係ない』といった類《たぐい》の突き放した答えが返ってくるかと予想していたが、久城は表情一つ変えずに「そうだけど」とあっさり認めた。答えてくれたことが単純に嬉しかった。

脚の間をスルリと魚がすり抜けていった。今日はもう駄目だ。集中力がまるでない。

洋介は川岸へ上がると靴を履き、一心不乱に手を動かしている久城に近付いていった。嫌な顔をされたりそれ以上来るなと言われたら、すぐに止まろうと思っていた。

「もっと聞いてもいいですか？」

「何」

返事はそっけなかったが、不愉快そうではない。もう少し距離を詰めても許されるだろうと、洋介は勝手に判断する。

「どうしてこんな山奥の村に？　定年後の田舎暮らしが流行《はや》ってますけど、こんな不便な所にわざわざ越してくる人はいないし、ましてや久城さんはまだ若いのに」

「それを言うなら、僕も聞きたい。君がこの村から出て行かない理由を」

即座に返された。

「この村はお年寄りがほとんどだ。若者は全く見かけない。それなのに君は地元の郵便局に就職して、娯楽施設の一つもないここに居残っていると、噂で耳にした。どうして？」

鉛筆を握った手を止めず動かしながら、久城は不躾《ぶしつけ》とも取れる質問をためらいもせず口にした。いずれにせよ、彼がこんなにたくさんの言葉を聞かせてくれたのは初めてで、洋介は嬉しくなってくる。

「理由は一つです。俺はこの村が大好きなんですよ」

その答えに、久城の瞳がわずかに見開かれる。

二人の距離は、もう一メートルも開いていない。まともにみつめられて、洋介の心の奥の奥にそっと張られている繊細な糸が微かに震える。

「生まれも育ちもここなんで、川にいる魚がそこでしか生きられないみたいに、俺もこの村から出ると自由に呼吸ができなくなるんです。仕事でたまに本局に行くときもありますけど、駄目ですね。都会のあわただしさが性に合わないのか、息苦しくなってくる。村のゆっくりしたテンポに、もうすっかり馴染んじゃってるんでしょうね」

久城は身じろぎもせず、じっと洋介の話を聞いている。理知的な目を不思議そうに見開いて。

「この村は何もないけれど、とてもいいところです。ここではゆっくりと一日が流れていきますから、もしも久城さんが疲れてるなら、体も心も今はのんびり休めて……」

調子に乗って話していた洋介は、あわてて口を噤んだ。

久城が『疲れている』などと決め付けてしまうのは出会ったときの無表情や、例の男と話していたときの悲しげな顔が脳裏にチラつくからだった。

せっかく今いい感じで自然に会話ができているのに、わざわざつらいことを思い出させるなんて、一体何をしているのだろう。

「すみません、余計なことを」

心配になって窺《うかが》った表情には、しかし怒った様子はなかった。

「別に」

と、一言答えた久城の目は再び絵に戻され、器用な左手が滑らかに動き出す。

洋介の問いに答えてくれる気はないようだったが、落胆はしなかった。

互いのことをほとんど知りもしないのに、そんなに簡単に本当の彼を見せてくれるわけがない。こうして今隣にいて言葉を交わしてくれるだけでも、信じられない進歩なのだ。

「絵、描けました？」

洋介の問いに、久城はわずかに顎を引いた。滝に向けられていた視線がスケッチブックに落とされる。出来栄えに満足しているのかどうか、そのクールな横顔からは推し量れない。

「久城さんの描いた絵、見てみたいです」

素直な気持ちが言葉になって零《こぼ》れ出た。

久城は細い肩をちょっとすくめると、ためらいなく洋介にスケッチブックを差し出してきた。横から覗《のぞ》き込んだ洋介は思わず息を飲む。

濃い鉛筆で描かれたその絵は、細密画のように緻密《ちみつ》で精巧だった。描いた人間のたおやかな見かけからは想像できない硬い筆致と、分の誤りも許さない正確さで、目の前の滝と川が描かれている。絵画鑑賞の目を持たない洋介でも、その絵のレベルが相当高いことくらいはわかる。

だが、何というのだろう。

リアルに迫ってくるような圧倒的なインパクトと乾いた雰囲気にごまかされるが、その絵は非常に繊細な部分をその奥に隠し、見せまいとしている気がする。目の前のものを極端に無機質に描写することで、あえて距離を置こうとしているとでもいうのか。癒される自然の景色を見て、いいな、と素直に思い、その感情を紙上に表現しようとするのが普通だろうに、この絵からはそれが感じられないのだ。

閉じ込められた堅牢《けんろう》な檻《おり》の中から、遠く眺めている手の届かない綺麗な景色――そんな印象を受ける。

「感想ある？」

食い入るように絵に引き込まれていた洋介は、問われて我に返った。

「すごい……さすがに、上手ですね。でも……」

「でも？」

「なんだか少し、寂しい感じがします」

素直な感想が思わず口をついて出た。言ってしまってから焦って久城の顔を見返したが、相手は気を悪くした様子もなく逆に興味深げに洋介をみつめてくる。

「寂しい？　たとえばどんなところ？」

描いた本人、しかもプロに感想を求められるとさすがに緊張してしまう。何しろ洋介は絵画なんて、ルノワールとゴッホの違いも危ういレベルで無知なのだ。

「俺、絵のことはよくわからないんですけど」

「いいよ。思ったことを言ってみて」

「はい。この滝も川も引き込まれるような迫力があって、本当にすごいです。でも、そこに久城さん自身がいないんですよね」

「僕が、いない？」

「う〜ん、何て言ったらいいのかな。久城さんは滝や川を客観的に綺麗だと思っても、どこか醒めて見ているというか。素敵だとか気持ちがいいとか、そういうふうに感じることからあえて遠ざかって自制しているというか、そんな感じがして……」

ちょっとしゃべり過ぎただろうか。

久城のことなど何も知らない上に絵に関してはド素人の自分がずけずけと、さすがに無礼が過ぎたかもしれないと洋介は後悔する。

「すみません、なんだか生意気なことを言って」

思わず謝ってしまった。単純で開けっ広げな村の人間ばかりを相手にしているので、複雑で繊細な久城の気持ちを想像するのは洋介には難しい。

「ふぅん……君、結構面白いね」

あっさりと返された反応に、洋介は胸を撫で下ろす。少なくとも、相手は気分を害してはいないらしい。

「そうだ」

久城は思いついたようにつぶやくと、スケッチブックを一枚めくり洋介に差し出してきた。

「君も描いてみれば？」

「えっ？　いや、俺は……」

反射的に一歩後ずさった。

生まれ落ちてからこの方、絵を褒められたことどころか、まともな絵を描けたためしがない。その能力が生来完全に欠け落ちているといってもいいくらい、洋介にとっては鬼門なのだ。朝顔を描けばラッパと言われ、車を描けば飛行機と言われた。通信簿は悪いほうから二番目の成績しかついたことがなく、貼り出された絵をクラスメイト全員に笑われた記憶はほとんどトラウマになっている。

「遠慮しなくていいから」

「いえ遠慮じゃなく、それと謙遜《けんそん》でもなく、俺本当に下手《へた》なんです。見せられたもんじゃないですよ、絵は」

「上手《うま》いとか下手とかっていうのは、絵にはないんだよ。評価の対象じゃないんだ。感性の世界なんだから」

「そうなんですか？」

「うん。どんな人間でも、その人独自のものを描けるのが絵だ。すべての人に天性の才能があるんだよ。自由に、君の感じたままを描けばいい」

ほら、とスケッチブックと鉛筆を差し出され、洋介はためらいながらも受け取る。

上手い下手はなく感性の問題——本当だろうか。

確かに『おまえは下手だぞ』と評価されるまでは、洋介も絵を描くのが好きだった。幼い頃押し入れの襖《ふすま》を端から端まで使って、図鑑で見たサバンナの動物達の絵を描き両親に叱られたこともあった。

真っ白な紙を目の前にして、なんだか急に当時の純粋な気持ちが戻ってきた。

高揚感にまかせ、洋介は立ったまま、左手に持ったスケッチブックに鉛筆を滑らせていく。洋介の右手は久城の左手のように滑らかには動かないが、真っ白な紙面に自分の好きなものを描く作業は思ったよりもずっと楽しい。

にわかに童心に帰った洋介は、いつのまにか夢中になって鉛筆を走らせていた。

「出来た……」

思わず声が漏れた。

たっぷり十分くらいかけて一心不乱に描き上げた絵は、なかなかの傑作だった。

「見せて」

根気強く待っていてくれたのだろう久城に優雅に左手を差し出されて、洋介は急に我に返る。小学生のときクラス中に笑われた記憶が蘇って、相手の手を避けるようにスケッチブックを遠ざけてしまう。

そのあわてた様子に、ポーカーフェイスがわずかに苦笑を浮かべた。

「大丈夫、僕は評価しない。ただ、受け入れるだけだ」

『受け入れる』と言ってくれたその言葉に、安心して肩の力が抜けた。

襖に描いた動物達の絵も見るに耐えない下手くそなものだったけれど、両親は叱ったあとに必ず褒めてくれた。象が力強く描けている、とか、キリンが優雅だ、とか。だから学校で下から二番目の成績をつけられるまでは、洋介は心から楽しんで絵を描いていたのだ。

「笑いませんか？」

「笑わない」

澄んだ瞳で頷く彼に、思い切ってスケッチブックを返した。

自分レベルでは相当な力作だ。これはもしや、その道のプロの目から見てもなかなかいけているのではないだろうか、などとあらぬ期待をしながら久城の反応を窺う。

久城はたっぷり一分間、洋介の描いた絵を無言でじっとみつめていた。瞳は大きく見開かれているが、表情は固まっている。

「久城さん、どうですか？」

いたたまれなくなって恐る恐る尋ねた。久城の細い指先が、絵の中央に描かれたものを指した。

「これ何？　惑星探査機？」

洋介はがっくりと肩を落とす。

「目の前の景色を描いただけなのに、どうしてそうなるんですか。それは、あめんぼです」

「あめんぼ？」

「川にいる虫ですよ。その岩のあたりにさっきいたんで」

あめんぼのイメージ自体が漠然としか浮かばないのか、久城は困惑顔で「ああ、虫か」とつぶやく。

「で、こっちの半円形は……かまぼこ？」

「久城さんの連想、本当にわけわからないですよ。それは虹です。まぁ、白黒だからちょっとはわかりづらいと思いますけど」

褒められるかもという思惑がはずれ、いささか落胆しながら洋介は滝の方を指した。水飛沫《しぶき》が上がる場所には、七色の小さな虹がかかっている。

「あめんぼが虹の橋を渡ろうとして飛び上がったところです」

きっぱり言い切った洋介と描いた絵を、久城はポカンと目を見開いたまま交互に何度も見ていた。その白い指がおもむろに口元に当てられる。肩が震えているところを見ると、堪《こら》えていた笑いがついに漏れてしまったらしい。

「わ、笑わないって言ったでしょう？」

俯《うつむ》いたままクックッと声をしのばせていた久城は、洋介のその一言でとうとう我慢できなくなったのか、笑い声を弾《はじ》けさせた。どうやらツボに入ってしまったようだ。

「あははは！　ご、ごめん、でも君の絵、す、すごく……」

信じられない光景を目の当たりにして、洋介はすっかり驚いてしまった。久城が笑っている。彼もこんなふうに笑えるのだ。

いつもどこか摑みどころがなく、本当の自分を見せずに感情の薄い瞳を遠くに投げている彼が、今その仮面を取っている。取り澄ました冷たい横顔にも惹かれるが、目の前の無邪気な笑顔の方が数段魅力的だ。

洋介はしばし言葉を失い、笑い続ける久城をみつめる。胸の奥が、初めて覚える感覚に甘く切なく揺れた。

これ以上みつめていたら、ますます彼に惹かれてしまう。

そんな確信に淡い不安を覚えながらも、眩しい笑顔から目が離せない。

「いや、本当にごめん、気を悪くしないでくれよ。久しぶりにこんな素敵な絵を見たから、なんだか感動して……」

発作的な笑いをやっと収めた久城が、細い指で目尻を拭《ぬぐ》いながら謝った。

食い入るようにみつめてしまっていたことに、気付かれてしまっただろうか。動揺を抑え、洋介は拗《す》ねたポーズで目を逸らした。

「よく言いますよ。それだけ爆笑しといて」

「本心だよ。確かに技巧的には、あめんぼがあめんぼに見えないという致命的なレベルではあるけれど、この絵はとても……うん、そうだな、温かい絵だ」

久城はもう一度スケッチブックを、今度は少し遠ざけて眺め頷いた。

「君はさっき、僕の絵には僕自身が見えてこないと言ったけど、君は全く逆。この絵を見ただけで、描き手である君の人格がわかる。あめんぼが虹を渡る、か。僕には逆立ちしても出

てこない発想だ」

「もしかして俺、少しは褒められてます？」

「もしかしなくとも、かなり褒めてるつもりだけど。君はもっと絵に関して、自信を持っていいと思う」

からかっているのではなく、どうやら本気で言ってくれているようだ。絵を吟味しているその横顔から本心は相変わらず見えてこなかったが、いつもは硬質な瞳がやわらかくなっているのがわかる。

唐突に、定期便の葉書の絵を思い出した。こう言っては失礼だが、あの描き手もレベルは洋介と似たりよったりだ。

彼、小野寺勝利の絵には、久城はどんな感想を言うのだろう。洋介には読み取れない絵に託された気持ちまで、久城は受け取っているのだろうか。

同時に、久城を摑まえ真剣な表情で何かを訴えていた男の姿が蘇ってくる。高級外車に乗り身なりもよく、久城と並ぶと絵になる美貌。そして、洋介の知らない久城を知っている男……。

ふいに息苦しさを覚えて、洋介は視線を川の方に投げた。

驚いたことにわずか数分の間に、虹が消えてなくなっていた。

サワサワと頭上の葉が鳴る音に上空を見上げた。ついさっきまで晴れ上がっていた空が、西から寄せてくる雲に覆われ始めている。

「まずいな……久城さん、夕立がきそうです。戻った方がいいかもしれません」

山に近いほど、面白いくらい天気は急に変わる。そうして見ているうちにも、空の色はどんどん変化してくる。

「さっきまで眩しいくらいの青空だったのに……不思議だな」

同じように空を見上げながら、どこか楽しそうに久城がつぶやく。焦りもせず、立ち上がろうともしない。

「こうなってくると、きっと急に降り出します。急いで」

とっさに腕を取った。相手のわずかな抵抗を感じたが放さなかった。

強くなり始めた風が湿った空気を運んでくる。振り向き反応を確かめる余裕もなく、掴んだ腕を引いた。

「走りますよ」

返事を聞く前に足が動いた。ここに来るまでの山道はちょっとした夕立でもあっという間にぬかるみ、歩くのも困難なほどグチャグチャになるのだ。

久城は無言でついてくる。洋介自身のものと重なって、軽い足音がパタパタと耳に届く。すぐ後ろにいる彼の存在を感じながら、洋介の心は勝手に浮き立つ。

この夏のひととき彼と川に行き、絵を描き、こうして夕立の中を一緒に駆けることはきっとあらかじめ決められていて、この日を迎えるために自分は生まれてきたのかもしれない。そんな馬鹿馬鹿しくも神聖な想像が、甘く心を満たす。

止んでほしくない、という洋介の願いが通じたのか、雨脚はどんどん激しくなってきた。遥か遠くで聞こえていた雷は次第に近付く気配で、山道をやっと抜け高台下の坂道に出たときには、前が見えないほどのどしゃ降りになっていた。

薄いTシャツに染み込んでくる雨は冷たいのに、しっかりと摑んだ細い腕からはほんのりと熱が伝わり、彼が生きてここにいるのだというそんな当たり前の現実が感動めいた嬉しさを洋介にもたらした。

坂道を駆け上がり久城の家の門についたところで、洋介はピタリと足を止める。ずっと触れていたいと思う腕を離し、やっと振り向いた。

久城はびしょ濡れだった。岩のベンチに敷いていたタオルを頭からかぶってはいたが、何の役にも立っていなかった。薄いシャツは胸元にはりつき、淡い肌の色を透けさせている。漆黒の髪からは、真っ白な美貌に雫《しずく》がしたたり落ちる。灰色の風景の中で、くっきりとした黒い瞳と紅い唇だけがやけに映えていた。

「それじゃ」

目を奪われる美しさに募る未練を振り切り別れを告げた洋介を、久城は驚いたように見返した。何？　と紅い唇が声なしで動く。

「俺はこれで」

身を翻そうとした腕を逆に掴まれる。そして、玄関の方へと引かれた。

「久城さん？」

神がフラッシュを焚《た》いたように真上で稲光が弾けた。鮮やかな光が、前を行くその細い背を洋介の瞳に焼き付ける。

引き戸を開けてためらう洋介を引き入れると、久城はピタリと戸を閉めた。互いの声も聞こえないほどだった豪雨と雷鳴が遮断され、嘘《うそ》のような静寂が訪れる。

「この雨の中、傘も持たせないで帰らせるほど人でなしじゃないよ。上がって」

振り向きもせずに言って、久城は掴んだままの洋介の腕を引いた。

「でも、濡《ぬ》れてますから」

「構わない。僕だって濡れてる」

ぐしょぐしょになったスニーカーを脱ぎ雫がしたたりそうな体を気にしながら、引かれるままに久城に続いて中に入る。

小さな古い家だ。短い廊下の両側に一つずつ部屋があるらしく、襖が閉められている。その右側を開け、久城が洋介を振り向いた。

「中で待ってて」

突っ立っている洋介の背を軽く押して、久城はそのまま廊下の奥へと行ってしまう。

ためらいながら一歩入った部屋は、六畳の和室だった。茶色くなった畳の中央にはレトロなちゃぶ台が置かれ、きちんと座布団が敷かれている。時代に取り残されたこの山奥ですらそうそうお目にかかれないような、骨董《こっとう》めいた箪笥《たんす》と飾り屛風《びょうぶ》があり、枯れた風情がそのまま味になっている洒落た部屋だ。

ここ数年は空き家で相当荒れ果てていたはずのあばら家を、昭和初期の懐かしい雰囲気に整えた芸術家のセンスは見事だった。

庭に面した広い窓を開けるとそこは縁側になっているはずだが、滝のような雨が打ち付けているため外は全く見えない。

「っ……」

テレビもないそのがらんとした部屋の漆喰《しっくい》の壁に、洋介は引き寄せられるように歩み寄った。そこには、これまで届いた定期便の絵葉書がすべて、整然とピンで留められていたのだ。洋介が手渡してきたその一枚一枚が綺麗な和紙で作られた台紙に貼られ、きちんと飾られている。そのすべての絵がシンプルなメッセージとともに、日々久城をみつめ見守っているかのようだった。

どんなに大切にされているのかわかるその葉書の様子に、描いた人間への久城の想いを感じ、洋介の心はわずかに疼《うず》いた。

背後の気配に振り向くと、バスタオルと着替えを手にした久城が部屋に入ってくるところだった。洋介が絵葉書に見入っていたことに気付いただろうに何も言わず、タオルを差し出し着替えをちゃぶ台の上に置く。

「濡れた服を脱いで、体を拭《ふ》いて。君は人きいから、僕の服だと少しきついかもしれないけど、我慢して」

受け取ったバスタオルを両手で広げ思わず相手の頭にかけてしまったのは、久城もまだ着替えずにびしょ濡れのままだったからだ。瞳を見開いた久城は初めて、そんな自分の状態に気付いたといった顔をした。

「あなたが先に拭いてください。冷たそうで見ていられません」

濡れた髪をタオルでそっと拭ってやると、久城は不思議そうに首を傾げた。その仕草と表情が、いつも大人びて達観して見える彼をひどくあどけなく見せ無闇《むやみ》に保護欲をそそる。

だが、甘い瞬間は長くは続かなかった。

久城は我に返ったようにハッと身を引くと、タオルを洋介に突き返し、

「僕はいい。畳が濡れるから早く脱いでくれ」

と、怒ったような口調で言った。

足元が濡れるほど水浸しなわけではない。おそらく、それ以上触れられるのが嫌だったのだろう。

そう思ったら胸の奥がズキリと痛んだ。

「僕は向こうに行っているから」

向けられる細い背。腕を摑んでしまったのは無意識だった。さっきまで隣で飾らない笑顔を見せていてくれた人に急に冷たくされ、不安がつき上げてのとっさの行動だった。だが、触れた腕からは思いがけない熱さが伝わって、洋介の鼓動は急に速くなる。

振り向いた久城は、非難するようにキッと洋介を睨み上げてきた。漆黒の髪からは白い肌に雫がしたたり落ち、やけに紅い唇が鮮やかに目を惹き付ける。

みつめているだけで引き込まれそうなその美しさに、体の奥から唐突に湧《わ》き上がってくる欲望を感じ洋介はうろたえた。

恋愛対象が同性である自分に、この閉鎖的な村の中でパートナーがみつかるなどと思ってみたこともなかった。本能的にどうしても欲しくなると町へ出て、同類が集う店で一夜の相手を探した。そこで結んだ関係はすべて刹那《せつな》的で、その夜限りのものだった。

だが今、久城に対して抱いている感情は、そういう動物的な欲望とは明らかに違うものだ。高まる欲求を解消したいわけではない。線を引かれていることがただ切なくて、引き止める言葉がみつからないから触れずにはいられなかったのだ。

謎めいた横顔に隠された、本当の心にそっと触れたい。もっと彼を知りたいという、透明で純粋な想いがその底にはあった。

「久城さん……」

思わず呼びかけてしまった声には、洋介自身も戸惑うほど甘い感情が滲む。

そしてその瞬間、気丈に睨み付けていた久城の瞳がわずかに揺らいだ。隙《すき》なく鎧《よろい》をまとっていた相手のそのほんの一瞬の戸惑いの中に、隠している悲しさや寂しさを見た気がして洋介の心は震えた。

気付いたときには久城を引き寄せ、夢中で胸にかき抱いていた。

久城は洋介の腕から逃れようと体をよじり、首を振って拒否する。

「み、光本君、何を……っ」

初めて名前を呼ばれ、体温が一気に上がった。

腕の中でもがく久城の視線がすがるように壁に向けられる。その先にあるのは絵葉書の列だ。怯える瞳には今絵葉書ではなく、それを描いた男の姿が映っているのかもしれない。

遠くにいる彼に、助けを求めているのか。

そう思った途端、全身が引き裂かれそうに痛んだ。久城に相応《ふさわ》しい端整な美貌と都会的な雰囲気。十日に一度の葉書一枚で彼の心を摑み、喜ばせ、悲しませることができる男に対する嫉妬《しっと》が、どうしようもなく湧き上がる。

――でも、今彼の隣にいるのはあんたじゃない。俺だ。

腕に閉じ込めた甘い香りに自制を鈍らされ、洋介は相手の細い顎に指をかけ視線を壁から引き剝《は》がすと、たまらず唇を合わせた。触れた部分から欲情に勝る愛しさが流れ込み、もしも彼が傷を負っているならなんとかして労《いた》わってやりたいという慈しみが込み上げる。

しっかり引き結ばれた唇も腕の中の体も冷え切っているのが気になり、自分の熱で温めたいと強く感じる。壊れものに触れるように口付けながら濡れた背を何度も撫でてやると、久城の抵抗は次第に弱まり、洋介の腕の中で人形のように動かなくなった。

そっと体を離すと、ガラス玉のような目が洋介を見返してきた。その瞳には怒りも軽蔑もなく、すべての感情を殺したように空白だった。

怒りまくり罵倒《ばとう》された方がまだましだ。近付けない距離をどうやって縮めたらいいのかわからないまま手にしてしまったぬくもりを、どうしても離したくなくて、洋介は石のように固まった久城の体をただ抱き締める。

「久城さん……」

今度ははっきりと、深い想いを込めて名を呼んだ。夢から醒めたように、頼りない体がビクリと震える。

尊ぶように背を撫でていた手を胸に回しシャツのボタンに手をかけたのは、欲情に押されたというよりむしろ、びしょ濡れのシャツが彼の体を冷やしてしまっているのが嫌だったのだ。

ところがその途端、久城は急に激しい抵抗を見せた。両手で思い切り突き飛ばされて洋介がよろめいた隙に、しっかり捕まえていた体が腕から逃れ出る。

久城は部屋の入口まで退き、乱れたシャツの胸元をしっかりとかき合わせて鋭く洋介を睨

み付けた。その表情は、いつもの凜として乱れない彼にすでに戻っていた。

「それ以上近付かないでくれ」

手を差し伸べようとした洋介に、毅然《きぜん》とした拒否の言葉が投げ付けられる。冷たい瞳に見据えられ、体を満たしていた熱情が一気に引いていく。

洋介は視線を伏せ、唇を噛んだ。

「すみませんでした……」

「そんなつもりで家に上げたわけじゃない。妙な誤解をされるのは迷惑だ」

「違う、そうじゃありません。俺は……」

「言い訳はいらないよ」

「俺は久城さんのことを本気で……っ」

「聞きたくないと言ってるんだ」

まっすぐ顔を上げ言い募ろうとする洋介の言葉を畳み掛けるように遮り、久城は背を向ける。断ち切られた大切な言葉は出口を失い、洋介の体内を虚しく駆け回り切なさを高めていく。

急な雷を呼び起こした黒雲は、いつのまにか頭上を過ぎていたらしい。二人の間の気まずい沈黙を、今は静かになった優しい雨の音が埋めていた。

凍り、張り詰めた空気を、久城の深い溜息が揺らした。

「なかったことにする。君も忘れてくれ」

振り返りもせずに相手が言った。同意したくなくとも、久城を困らせたくなければ頷くしかない。自分の想いは彼にとって迷惑なだけなのだと思うと、心の奥にナイフを突き立てられるようだった。

「着替えたら勝手に帰って。見送らないから」

冷たい言葉が追い討ちをかける。

「一つだけ、教えてください」

部屋を出て行こうとする背に声をかけた。久城が止まる。

「絵葉書の人は、恋人ですか」

聞いたら何かが壊れてしまうと恐れて言い出せなかった質問が、思わず口をついて出た。向けられたままの背中は動かなかったが、一拍置いて「そうだ」と、はっきりと、短い返事が聞こえた。そして、久城はそのまま部屋を出て行く。それ以上、話すことなど何もないというように。

答えは予想していた。わかっていたのに、確かめずにはいられなかったのだ。

どうやら、悲しい恋をしてしまった。

たった今失ってしまったというのになお深くなる想いが我ながら哀れで、洋介は手のひらに爪《つめ》が食い込むほど拳《こぶし》を握り締め、細く息を吐いた。

＊

夕立の午後の出来事を経て、洋介の心には久城の面影がより一層深く焼き付いた。日頃は冷ややかで無口な人と交わした言葉の数々。きらめき弾けるような飾らない笑顔。人形めいた外見からは想像もつかない唇のやわらかさ。抱き締めた細い体から立ち上る甘い花のような香り。

そして何より一瞬だけ見せた、心の内を覗かせる戸惑いの表情が、洋介の胸を揺さぶり乱し続けた。忘れろと言われてもできるはずがない。

恋を自覚した瞬間から、人はさらにその深みにはまってしまうものなのか。

恋人のいる相手をどんなに想っても虚しいだけなのはわかっている。だが、理屈や理性ではどうにもならないから恋なのだ。

制御できず勝手に募ってしまう想いを持て余し、脳裏に残る久城のたくさんの表情を頭の中でリプレイしながら、洋介は悩ましい日々を送っていた。

そうこうしているうちに、待っていた日がやっとやってきた。八月十五日、葉書の届く日だ。郵便を届けるという理由があれば、久城に会える。

仮に洋介と顔を合わせるのが嫌でも、きっと久城はいつもどおり門の外まで出て来てくれるはずだ。彼にとって小野寺勝利からの葉書は、何物にも代えがたい大切なものなのだから。

葉書を受け取る久城の笑顔を見れば、自分の入る余地がない現実を改めて突き付けられ、つらい思いをするだろう。

だが、それでも会いたい。

どんなに拒まれても好きだという想いが消せないのなら、せめてそばで見守っていたい。時折寂しげな表情を覗かせる彼に、自分という味方がいることを知っていてほしいのだ。

「ちょっとストーカーじみてるよな……」

うっかり漏らした独り言に、「光本君、何か言った？」と局長が振り向いた。

「あぁ、いえ。なんでもないです」

洋介はあわてて手を振り、荷解《にほど》き机の上に広げた郵便物の仕分けを再開する。季節柄暑中見舞いが多く届いている。

郵便配達員とはいえ洋介自身メールや電話で用件を伝えてしまうことが多いが、手書きの葉書や手紙のよさはよくわかる。どんなに絵文字をちりばめても無機質な印象のメールの文面よりも、一字一字心のこもった手書き文字の方が気持ちが伝わる気がするのだ。

二十枚ほど届いている葉書の束の中から、洋介の目は定期便の絵葉書を無意識に探していた。すぐに、ボールペンで無造作に書かれた見慣れた宛名の文字をみつけ出す。

表を返すと、目に鮮やかな黄色が飛び込んできた。ひまわりだ。葉書いっぱいに描かれた大きなひまわりのせいで、メッセージは小さく脇の方へ追いやられていた。

「っ……」

洋介は息を詰めた。

もう一度見直した。だが何度見ても、そのメッセージは目の錯覚ではなかった。

『これが最後の葉書です。今までありがとう』

――まさか、冗談だろう？

葉書に向かって問いかける。鼓動は嫌な感じに速くなってくる。

あの日洋介が目撃した二人は、確かにいい雰囲気とは言えなかった。だが、こんな形でいきなり別れを突き付けてくるとはあまりにもひど過ぎないか。

定期便を受け取るときの、嬉しそうな久城の顔が頭にちらつく。ほんの少しだけ口元を緩める控えめな笑顔。遠くにいる恋人に想いを馳《は》せて、懐かしそうに緩む目元。

久城がどんなにその葉書を待っているのかは、洋介が一番よく知っている。おそらく小野寺勝利本人よりも。

――ふざけるな。あんたの葉書を、あの人がどれだけ心の支えにしてると思ってるんだ。

「光本君、何かあったかい？　誤配？」

ハッと顔を上げると、心配そうに聞いてくる局長と目が合った。

「いいえ、何でもありません。じゃ、俺行ってきます。今日はちょっと件数多いんで」

無理に作った笑顔で手を上げ、バッグに郵便物を詰め込むと外へ飛び出した。息苦しいのは、体を包む熱気だけが原因ではなかった。

どうすればいいのかわからず、考えがまとまらない。ただ一つだけ、確かな予感があった。

小野寺からの葉書が届かなくなったら、久城は激しく傷付く。そしておそらくは、この村を出て行ってしまうに違いない。

絶望を抱え、一人ひっそりと村をあとにする久城の細い背中が頭に浮かび、指先から凍っていくような感覚に洋介は震えた。


郵便配達員の任務は、郵便物を宛先人に迅速かつ確実に届けることだ。高校を卒業し四年間続けてきたこの仕事に、洋介は誇りを持っている。遅延も誤配も一度もない。

郵便物は何も、嬉しい内容のものばかりとは限らない。督促も、訃報《ふほう》もある。いくら村の人間が皆身内同然の顔馴染みとはいえ、仕事に情は挟めない。可哀想だからといって、悲しい知らせを届けないわけにはいかない。

だが今、洋介は初めて迷っていた。郵便配達員としてではない、光本洋介個人の感情に激しく揺らされていた。

各家を配達して回り、いつものように村の老人達に笑顔で挨拶を返しながら、内面には混乱が渦巻いていた。頭の中では配達員としてのプライドと、久城への情が譲り合わずにせめぎ合っている。

今日も三時には、久城はいつものように門の前まで出て定期便を待っているだろう。洋介が迷って遅れたとしても、炎天下の中いつまでも立っているかもしれない。洋介の姿が坂の下にいつ見えてくるだろうと、そのクールな眼差しを向けて。

腕時計のアラームが鳴った。ハッと見ると、針はその三時を指していた。郵便物はもう、例の悪い冗談のような絵葉書しか残っていない。空になったバッグが肩に重く食い込んでくる。

久城が待っている以上、行かないという選択肢はいずれにしてもなかった。

重い足でペダルを踏み坂の下にさしかかると、上った先に想い人の白いシャツが見えた。

その瞬間、悩みも迷いも吹き飛んだ。ただ会いたいという気持ちに突き動かされ、洋介は一心にペダルを漕《こ》ぐ。

手庇《てびさし》で空を見上げていた久城が顔を向ける。ここ数日焦がれ続けていた人の、ポーカーフェイスの中に見えるわずかな安堵に胸の奥が鈍く痛んだ。

「こんにちは、久城さん」

すべての感情を隠し、いつものように挨拶した。久城はわずかに顎を引き、「今日は特に暑いね」と返してくれる。

いつもの久城だ。夕立の日、互いの間に残った気まずさは全くない。あまりにもなさ過ぎて拍子抜けするほどだ。

おそらく久城の中では本当に、あのときのことは『なかったこと』にされてしまったのだろう。

そう思うと、一人忘れられず縛られているのがたまらなく切なくなったが、今はそんなことを憂えている余裕はなかった。

微妙な沈黙が入り込む。

普段ならここで絵葉書を差し出す流れだ。だが今日の洋介の手は、麻痺《まひ》してしまったように動かなかった。

「すみません、久城さん。今日はまだ……届いてないんです」

そう言おうと決めてきたわけではなく、反射的に出てしまった一言だった。

久城の瞳が、意味を取りかねたように不思議そうに開かれる。

「本局の方でトラブルがあって、今日届くはずの一部の郵便物が遅れると連絡がありました」

「そういうことがあるの？」

「年に一回くらいのアクシデントです。本当に申し訳ありません」

下げた頭が上げられない。

こんな嘘をついて、一体どうするつもりだ。しかもこの言い訳は一回限りだ。明日はもう使えないのに。

「別に、君のせいじゃないだろう」

怒っているようでも残念そうでもない声が届き、洋介は顔を上げた。久城はいつもよりも幾分穏やかな目で、洋介をみつめていた。

「じゃ、今日は届けるものがないのに、君はわざわざ寄ってくれたわけ」

「え、ええ、もちろんです。遅れたことをお詫《わ》びしないといけないし、それに……」

「それに？」

「久城さんが、待ってくれていると思いましたから」

――そして何より、会いたかったから。

言葉にできない想いは、瞳に表れてしまったかもしれない。見返してくる久城の目がわずかに揺らめいた。そのどこか戸惑ったような不安げな表情は夕立の日に見せた一瞬の迷いを蘇らせたが、すぐに氷の仮面をつけ直されてしまう。

「今日は来なそうだと思えばちゃんと引っ込むよ」

「本当に？」

「ああ。熱中症で倒れても誰にも気付いてもらえないからね」

「冗談でもそんなこと言わないでください」

少し怒った声を出すと相手はクスリと笑ってくれ、洋介の強張《こわば》った心もやわらぐ。

「明日は届く？」

「はい、きっと」

洋介が力強く頷くと、久城も軽く頷き返した。

「じゃ、また明日だね」

「はい、また明日」

笑顔を作り前を向き、洋介はペダルを踏み込む。嘘をついている後ろめたさから、振り返ることができない。渡せなかった葉書の代わりに鉛でも詰まっているかのように、バッグは肩にずしりと食い込む。

洋介自身、土壇場になるまで自分の出方がわからなかった。だが選択を計る天秤《てんびん》は、久城の顔を見た瞬間呆気なく片方に傾いた。

――彼に悲しい思いをさせたくない。そんなこと、絶対にできない。

それが、ギリギリで洋介の出した結論だった。

愛する男からの別れを暗示するメッセージを突き付ければ、久城は深い悲しみに沈み希望を失《な》くしてしまうだろう。彼を守りたいと一心に思ってきた自分が、そんな目に遭わせられるはずがない。

そして一度ついてしまった嘘も、もう取り返しはつかなかった。

仕事を定時で上がった洋介は車で三十分かかる町へ出ると、駅前のホビーデパートで必要なものを買い揃《そろ》えた。

水彩画のための道具一式、サインペン、スタンプインクとスタンプ作成キット。葉書は仕事柄家に買い置きがたくさんある。

さんざん迷った挙げ句、洋介は決心していた。

一回だけ、今回の一枚だけ、自分が小野寺勝利の代わりに葉書を描こう、と。

洋介が目撃したとき、二人の間にどんな諍《いさか》いがあったのかは知らない。だが、絵葉書を大切に部屋に飾り、それを描いた小野寺を『恋人だ』と認めている久城が、まだ彼を愛していることは間違いない。あのときの様子では、小野寺の方も久城に執着しているように見えた。

もしかしたら次の五の日には、気が変わった小野寺から謝りの葉書が届くかもしれない。

そうしたらまた以前と変わらず定期便が来るようになるだろう。

それまでの、ほんの一回だけだ。

他人の名を騙《かた》って手紙を書くことが、犯罪に当たるのではないかという意識はもちろんあった。ましてや洋介は郵便局員だ。偽手紙を出すなど、許されない恥ずべき行為であることは誰よりもよくわかっている。

だが一方で、別れの葉書を受け取ったときの、久城の衝撃を想像しただけでたまらなくなった。いつも葉書を手にするときの表情を見れば、それが久城の中でどんなに大切な位置を占めているのかはわかる。おそらく葉書は久城にとって、小野寺そのものとも言えるかけがえのないものなのだ。

洋介が小野寺の名を騙ることは、久城の彼に対する想いを踏みにじることになるかもしれない。それがわかっていてなお、久城を悲しみの淵《ふち》に突き落としたくなかった。

吊り橋の上で出会ったときの空白の表情が脳裏に浮かぶ。あんなつらい顔は二度と見たくない。

久城の繊細な心を守ることと郵便配達員としての自尊心と倫理観、洋介にとってどちらが大切なのか、悩みに悩んだ末に答えは出た。不正を行うことで自分の胸に付く傷も、久城の笑顔を守るためならばたいしたものではないと思えた。

洋介は帰宅するなり部屋に閉じこもり、すぐに作業に取り掛かった。

届けず持ち帰った小野寺の絵葉書を傍《かたわ》らに置き、練習用に買ったスケッチブックになるべく似せながら、同じように描いていく。思ったより難しい。約十年ぶりに絵筆を握る洋介と、下手ながら十日置きに何か描いていた小野寺とでは、やはり筆使いに大きな差が出る。

思うように色が出ず、線も描けずに四苦八苦しながら十枚のひまわりを描き上げたときには、もう日付の変わる時刻になっていた。

幸いしたのは小野寺の技術レベルがお世辞にも高くなく、洋介と同レベルに低かったことだ。大雑把な筆使いも、色に凝らずに原色をそのまま乗せてしまうところも真似しやすかった。そして彼は絵だけではなく、骨太で力強いその字も洋介によく似ていた。

五枚用意した葉書に同じようなひまわりを描いて、一番似ているものを選んだ。メッセージには当たり障りなく、『夏バテに気をつけてください』と書き添えた。

絵と宛名が仕上がると、次は消印作りだ。スタンプ作成キットは一つだけ、失敗はできなかったが、こちらは絵よりも簡単だった。彫刻刀を使って丁寧にゴムを削り、局名と日時を彫り上げていく。出来上がったものを試しに押してみると、にわか作りで多少字が掠《かす》れるものの、素人目にはわからないほどその印影は酷似していた。

完成した絵葉書にその消印を押して確認を終えると、洋介は深く息を吐き椅子の背もたれに身を投げ出した。背中も腰も腕もガチガチに固まっていた。こんなに集中して、何かを作り上げたのは久し振りだった。

立ち上がって背伸びをし時計を見ると、もう明け方の三時を回っていた。仕上がった葉書の出来は上々だったが、達成感も嬉しさも感じられなかった。あるのはただ久城を騙《だま》すことへの罪悪感と、自己嫌悪だけだ。

なんだかんだと理由をつけながら、本当は彼が村を出て行ってしまうことが怖いだけなのではないのか。これはただのエゴではないのか。

苦い自責の念を首を振って無理矢理払い、洋介はもう一度葉書を取り上げる。じくじくと胸を刺す痛みから目を背け、描き上げた絵をチェックする。

大味なひまわりは努力の甲斐あって、なかなかよく描けている。だが、元の小野寺の絵もそうだが、花自体が大き過ぎるせいか中央部分がポッカリ空いた感じで、なんだか少し寂しげに見えた。

洋介はもう一度椅子に座りなおすと、パレットに茶色い絵の具を出し、細い筆で小さなミツバチを描いた。花の中央にそのミツバチを加えたことで、なんとなくバランスが取れて温かい印象に変わった。

明日この葉書を渡したら久城はいつものように嬉しそうに目を細め、引き結ばれた口元を緩めてくれるだろうか。

それを想像すると重く暗い罪悪感も、苦い自己嫌悪も、次第に薄れていく気がした。

*

葉書を手渡した瞬間、久城の瞳がつかのま揺れたように感じた。

おそらく、気のせいだろう。過剰に意識し過ぎているだけだ。

いつもより葉書をみつめる時間が長いように思えたのも、きっと錯覚だろう。そしていつもより、その唇が笑みを明確に刻んだように見えたのも。

「遅れてしまって、本当に申し訳ありませんでした」

沈黙が長くなるごとに高まる緊張に耐えられず、洋介は思わず口を開いた。久城は顔を上げると、全く気にしていないというようにあっさりと首を振る。

「いや、無事に届いてよかった。二日連続で来てもらって悪かったね」

一気に安堵が押し寄せ、全身が脱力した。

大丈夫だ。久城は気付いていていない。それは彼の恋人が描いたものではなく、目の前の配達員が偽造したものであるということを。

久城を騙している。彼の一番大切なものを踏みにじり、奪っている。本当は、微笑んでもらう資格などないのだ。

罪の意識に耐えられず、洋介は顔を背ける。

「それじゃ」

いつものように世間話を楽しむ余裕もなく忙《せわ》しなくペダルを踏み込もうとしたとき、「ちょっと待って」と声をかけられた。

一瞬心臓が跳ね上がったが、振り向いて見た相手の顔に変化はなく、真実に感付いた様子はない。

久城は、呼び止めたはいいがどうしたものかといった、気難しい表情で黙り込んでいる。何か困り事でもあるのだろうかと、洋介はいったん自転車を降りた。

「久城さん？」

促すと、相手は「ああ、うん」と曖昧《あいまい》に返事をしてから、思い切ったように正面から洋介を見上げてきた。

「実は、君に頼みたいことがある」

ホッと肩の力が抜けた。どうやら葉書のことではないらしい。

「はい。何でも言ってください」

たとえ空の彼方の星を取って来いと言われようと、洋介が久城の頼みを断るはずがない。

頼りにされたことが嬉しく即答すると、久城はさらにためらってから言いづらそうに口を開いた。

「絵のモデルになってもらいたいんだ」

あまりに予想外な依頼に、洋介は思わず耳を疑った。

「は？　今、なんて……？」

「君の絵を描かせてほしい」

今度は澱《よど》みなくはっきりと言った久城の顔はいつもの無表情で、冗談やからかいの様子は全くない。

「でも、どうして俺なんかを？」

嬉しいというよりも驚き戸惑って、洋介は久城に問い返す。こんな山の中にいるから多少よく見えるかもしれないが、都会にはもっと美しく洗練されたモデルとして相応しい人間が大勢いるだろう。

久城本人も考え込むように首を傾げる。

「ん……なぜか、君を見ていると創作意欲が湧くんだ。君は均整が取れて逞しい綺麗な体をしているし、男性的で整った顔もいい。表情も豊かで、描いてみたいと思わせるものがある」

あくまでもモデルとしての賛辞だったが、胸がときめき顔が熱くなるのを感じる。

「や、えっと……ありがとうございます」

素直に頬を染める洋介の礼を、クールな想い人は軽く肩をすくめて流す。

「絵心をそそると言ってるだけだから誤解しないように。で、どう？　受けてくれるの？」

頼んでいるようには見えない横柄な態度で、あらぬ方に顔を向けたまま久城は答えを求める。

「もちろんＯＫです。俺でよければ喜んで」

久城の役に立てる上に繋がりが一つ増えるのだから、洋介が断る理由などあるはずがなかった。そして何より絵を描いている間は、久城をこの村に引き止めておけるという期待もあった。

「本当に？」

瞬間パッと瞳を輝かせ見上げてきた久城の表情に、心のど真ん中を射貫かれ言葉を失う。

まさかこんなに喜んでくれるとは思わなかった。

洋介のびっくりした顔を見て、久城は嬉しそうな表情をあわてて取り繕い気まずげに眉を寄せた。

「まぁ、それじゃ、週一くらいで一時間程度頼めるかな。僕はいつでも暇だから、君の都合に合わせるよ」

すぐに愛想のない仏頂面《ぶっちょうづら》に戻ってしまったが、ほんの一瞬だけ見せてくれた喜びの表情が瞼《まぶた》に焼き付いて離れてくれない。高まる期待と嬉しい動揺を抑え、舞い上がらないよう自分に言い聞かせながら、洋介も緩んだ表情を引き締める。

「土曜日でもいいですか？　時間は……そうだな……一時は？」

「いいよ。じゃ、今度の土曜から家に来て」

「でも……いいんですか？」

思わず問い返すと、久城の顔に疑問符が浮かぶ。洋介が何を心配しているのかわからないようだ。

「つまり、俺を家に上げても……」

言いづらそうに付け加えると、ほんの一秒にも満たない間、人形めいた美貌に動揺が走った。惑い左右に移ろった視線が、『なかったこと』にしたはずの触れ合いを彼も確かに憶えていることを物語っていた。

ただその一瞬の表情はすぐにいつもの仮面で隠され、つれない想い人は形のいい唇を皮肉っぽい苦笑の形に歪《ゆが》めた。

「なんだ、そのことか。君そんなに、我慢きかないくらい見境ないの？　僕と二人になったら襲いかからずにいられない、とか?」

「そんなっ。俺は、あなたが嫌ならもう二度と……」

うろたえる洋介に、久城はドライに肩をすくめ、

「なら問題ないだろう」

と、あっさり流した。

ホッとしたが、同時に自分の恋心も一緒に流された気がしてやや萎《しぼ》んでしまう。

「それじゃ、土曜日の一時に」

わずかな切なさを笑顔で隠し、洋介は念を押す。

「うん、よろしく」

軽く手を上げ背を向ける久城の視線は、もう洋介の存在など忘れたように渡した絵葉書に落とされていた。恋人が描いたものだと信じているその横顔には、嬉しそうな微笑が浮かんでいる。

自分の手による絵に向けられたものではあっても、決して自分のものにはならないその特別な笑顔を見ているのが苦しくて、洋介は未練を振り切りまたがった自転車のペダルを踏み込む。

犯してしまった取り返しのつかない罪も、絵葉書に向けられる彼の笑顔も、薄く表皮を掠めるように洋介の心を切り裂いたが、新たに結んだ約束を思えばその痛みは少しだけやわら

いだ。

これからは毎週、久城に会えるのだ。

＊

どこかで寂しそうな鳴き声がする。ミャウミュウ、と一生懸命親を探す、仔猫《こねこ》の甲高《かんだか》い声だ。

一体どこで鳴いているのだろうとその方向に目を向けると、目の前にかかった吊り橋の中央に白いシャツの背中が見えた。

『久城さん……？』

呼びかけると、麗人は体ごと振り向いた。鳴き声はその胸元から聞こえる。久城はどうやら猫を抱いているらしい。

『あぁ、君か。僕はもう行くから』

久城は笑っていた。猫と同じように、どこか寂しげに。

『行くって、どこへ？　あの人のところに帰るんですか？』

『うん。君と一緒にいてもしょうがない。というより、いたくない』

『どうして？』

『だって君は、大嘘つきじゃないか』

吐き捨てるように言って背を向け、久城はそのまま橋を渡っていく。弁解しなくてはとあとを追おうとするが、目の前には透明なバリアが張られ、足が前に進まない。

『久城さん待って……待ってください！』

「久城さん……！」

叫んだ自分の声で洋介は目が覚めた。全身にじっとり汗をかき、心臓は激しく打っている。

「夢か……」

確認するようにつぶやき起き上がると、目に入った時計はもう九時を指していた。すでに高く昇っているらしい日の光が、窓の隙間から差し込んでいる。

――大嘘つき……。

夢の中の久城の声があまりにもリアルに蘇り、洋介は宥《なだ》めるように胸を押さえた。葉書を偽造して以来、何度抑え付けても湧き上がってくる罪悪感を心の奥に押し込み、首を振って意識を現実へと引き戻す。

どこかで猫が鳴いている。この鳴き声は夢ではなく本物だ。

可愛い鳴き声だけが夢にまで入り込んで仔猫の登場となったわけだが、現実の久城が猫を可愛がるところは想像できなかった。気まぐれで移り気、マイペースな彼本人こそが猫そのものだからだ。

洋介はシャワーで汗を流すと手早く着替え、鳴き声が響いている庭に出て行く。今日は土曜日、絵のモデルの初日だが、約束の時間にはまだ早い。

「お兄ちゃん、おはよ」

「起きるの遅いよぉ」

双子の妹達が振り向き、綺麗に声を揃えた。隣には母と祖母もいる。

光本家の女性軍は小動物が大好きだ。一ヶ月前に飼い猫のモモが産んだ四匹の仔猫は、彼女達の大切な遊び相手になっている。

「男連中は？」

「農協。組合の会議だよ」

祖母が答える。

光本家は小さなぶどう園を営んでいる。細々ながら家族全員がなんとか食べていけるだけの収入はあり、裕福ではないが貧しくもない平均的な農家だ。

跡を取っていない気楽な次男坊の洋介は、希望どおり郵便局に就職することを許してもらった。ぶどう園の手伝いは気が向けばたまにする程度で、自営の苦労もあまりわからず申し訳なくなることがある。だが家族は、村中の人に慕われ評判のいい配達人である洋介のことを、どうやら自慢に思ってくれているらしい。

女性達の足元には、四匹の仔猫がころころと転がって遊んでいる。母猫は真っ白だが父猫が黒かったのか、それぞれところどころに入った黒の斑点《はんてん》が個性となっている。

「貰《もら》い手は決まった？」

「うん、三匹ね。一匹だけ、この子がねぇ」

母親が困り顔で指差した末っ子は兄弟の中でも体が小さい上に、生まれ付き片方の目が開いていない。黒の割合も他の猫より多めで、暗い印象を与えるのも損をしている。

「うちで飼おうよぉ」

「そうだよぉ、いいじゃん。もう一匹くらい」

唇を尖《とが》らせる妹達に、しっかり者の祖母が首を振る。

「駄目だよ。うちにはモモとミルク、それにケンタもいるんだから」

母猫のモモにうさぎのミルク、柴犬のケンタの世話は楽しいが大変なこともある。生き物を飼うにはそれなりの覚悟が必要だし、責任も伴うのだ。

「洋介、郵便局の人達はどうかしら？　見てくれは悪いけど元気な子なのよ」

兄弟とじゃれ合い猫パンチを繰り出していたその仔猫を、母がひょいと抱き上げ洋介に差し出してきた。両手で受け取ると、ふわっとした優しいぬくもりが手のひらから伝わり口元が緩む。

「心当たりがあるよ」

反射的に口にしていた。言ってから自分でびっくりした。

おそらく、さっきまで見ていた夢の中の映像が自然に浮かんでしまったのだろう。そしてこの小さな生き物のぬくもりが久城の心を温めてくれないかと、無意識に考えたのかもしれない。

「お兄ちゃん、ホント？」

「よかったぁ。可愛がってもらえるといいね」

妹達に騒がれ安請け合いしたかなと後悔したが、言ってしまったものはあとには引けない。

両手にすっかり収まってしまうサイズの腕白仔猫は、自分の運命も知らずに、洋介の指をがしがし噛んでいた。


「それ何？」

玄関先で出迎えてくれた久城は洋介の手にしたキャリーケースを見て、不審げに顔をしかめ一歩下がった。無理もない。中では仔猫が出たがって、みーみーと騒がしく鳴いているのだから。

その露骨に嫌そうな表情に、やはりこれは失敗かと洋介は内心肩を落としたが、結論を出すのはまだ早い。

「うちで仔猫が生まれたんです。久城さんに見せようと思って、一匹連れてきました」

こういった場合、いきなりもらってくれと言い出せば相手を引かせるだけだ。とりあえず見せ、触らせてしまえば、大方の人間はその愛らしさの虜《とりこ》になり手放せなくなるものだ。

「久城さん、猫は嫌いですか？」

「猫とは無関係に生きてきたから、好きか嫌いかなんてわかるわけない」

「じゃ、いい機会ですね。今日はぜひ、初の触れ合い体験を堪能《たんのう》してください。お邪魔します」

追い返される前に、洋介はさっさと上がりこむ。

「あっ、ちょっと……」

文句を言いたそうにしながらも、久城は渋々ついてくる。

夕立の日は黒雲に覆われ夜のように暗かった部屋は、今は日の光に包まれて全く違った雰囲気に見える。差し込んでくる日は外のギラギラした熱がなく、縁側を過ぎると穏やかな陽だまりに変わる。

エアコンがなく旧式の扇風機が一台回っているだけなのに、その部屋は不思議と暑さを感じなかった。ふわりと風が通るたびに、吊るされた風鈴が涼しげな音を立てるからだろうか。それともちゃぶ台に置かれた、蒼《あお》いビー玉を敷き詰めた水鉢のせいなのか。

壁にはあの日と変わらず、小野寺からの絵葉書がきちんと並べて貼られていた。一番下には洋介の手によるひまわりもある。押し込めていた罪悪感が頭をもたげそうで見ていられず目を逸らすと、その横に……。

「えっ」

洋介はうろたえ、危うくキャリーケースを取り落としそうになった。川辺で描いたあめんぼと虹の絵が、絵葉書の列の隣にしっかりと貼られていたのだ。

「どうかした？」

猫を気にして、なかなか部屋に入ってこようとしない久城が聞いてくる。

「や、あ、あれ……っ」

あのときは傑作だと思ったが、こうしてみると恐ろしく下手だ。とても本職の人の部屋に飾ってもらえるような代物ではない。部屋の雰囲気を完璧な和風アンティークに整えている久城の努力が、その一枚の落書きのせいで台無しになっている。

「ああ、いいだろう？　気に入ったから貼らせてもらった」

「勘弁してください。せっかくの部屋の雰囲気をぶち壊してますよ」

「そんなことはないよ。この部屋には虹を渡るあめんぼがとても似合ってるんだ」

久城はちょっと怒ったように言って、

「それより、それ、置いたら？」

と、洋介が抱えているケースを指差す。猫は出たがって、さらに鳴き声を張り上げている。

「暑くないかな。僕はエアコンが苦手なので、これでちょうどいいけど」

チラチラとケースを気にしながらの発言は、洋介よりもむしろ猫の方を思いやってのものらしい。いつもの久城の凛としたクールさがなりをひそめあわてふためいている様子が新鮮で、洋介は思わず微笑んでしまう。

「俺も猫も大丈夫です。この部屋、すごく涼しいですね。自然の風が入ってくるし」

仔猫を連れてきたのは正解だった。

なかったことにしたとはいえあのときと同じ部屋に二人でいれば、何かの拍子に気まずくなってしまわないとも限らない。だが他に興味を引かれるものがあれば互いに気が紛れるし、会話の糸口にもなるだろう。

何より今日の久城はいつもと違って、珍しく表情豊かだ。猫に気が行って油断しているせいもあるだろうが、もしかしたらモデルを受けたことで少しだけ距離が近付いたのかもしれないと期待したくなる。

「こいつ、出してやってもいいですか？」

「仕方ないだろう。そう鳴かれちゃうるさくてかなわないよ」

久城が軽く肩をすくめる。洋介がケースの扉を開けると、それこそ世界の終わりみたいに鳴いていた仔猫はピタリと鳴きやんだ。

「おいで」

小さな入口から覗き込み、声をかけた。仔猫はパッチリと開いた左目をキョトキョトと動かし匂いを嗅《か》ぎながら、用心深く周囲を探っている。どこか違う場所に連れてこられたことがわかるらしい。利口な子だ。

やがて、ここはどうやら安全らしいということを理解したのか、様子を窺いながらひょたひょたと中から這《は》い出てきた。

「よしよし。大丈夫だぞ」

片目が見えない分、耳が敏感なのだろう。声で家族だとわかるらしく、仔猫は洋介の手に鼻を寄せながらゴロゴロと小さく喉《のど》を鳴らしている。

「小さいな」

かなり離れたところからおっかなびっくりといった感じで様子を窺っていた久城が、じりじりと寄ってきた。なんだか未知の生物でも見るような表情だ。

「まだ一ヶ月ですから。ちなみにオスです」

「ふぅん……右目が閉じてるね。子供の頃はそういうものなの?」

「や、こいつは特別です。生まれつき片目が開かなくて」

「なんだかウインクしてるみたいだ」

憐《あわ》れむようでも同情するようでもなくあっさりと、まるでチャームポイントを指摘するように言われたのが嬉しかった。

洋介がヒョイと猫を抱くと、久城はまるで自分が持ち上げられたようにビクリと肩を震わせ上半身を引いた。そんな油断した素の仕草も常の彼には見られないもので、なんだか可愛く見えてしまう。

「久城さん、ちょっと触ってみませんか？」

「えっ？　いや、僕はいいよ」

「そう言わずに。大丈夫ですよ、引っかいたり噛んだりしませんから」

仔猫は洋介の大きな両手の上で、安心しきっておとなしくしている。ぱっちり開かれた金色の目はじっと久城に注がれている。

美猫と仔猫、猫同士の対決だ。

たっぷり一分以上逡巡《しゅんじゅん》してから、優雅な左手がおずおずと差し出される。指先が額《ひたい》に触れる寸前、にゃっ、と仔猫が鳴いた。

「わっ」

久城は小さく叫び即座に手を引っ込めた。

——残念、もうちょっとだったのに。

おまえ何で肝心なとこで鳴くんだよ、とちょんと小さな額を指で突《つつ》き、洋介は仔猫を畳に下ろした。

「おとなしくしてると思いますから、このまま放していていいですか？」

「逃げないの？」

「大丈夫、こいつがあれば一人で遊んでます。利口なんで」

ケースの中からネズミのおもちゃを取り出し転がしてやると、仔猫は早速猫パンチをくら

わせ始める。そのユーモラスな動きに興味を引かれたのか、久城は洋介の隣にひょいとしゃがみ込み、ころころと遊ぶその様子をじっと観察し始めた。未知のものに対して芸術家としての好奇心も刺激されるのか、とても真剣な顔だ。

放っておいたら絵のことを忘れていつまでも見入っていそうな相手に苦笑し、洋介は頃合を見計らい声をかける。

「久城さん、そろそろ始めましょうか。俺はどうすればいいですか？」

「え？　あぁ、そうか」

促され、久城はちょっと残念そうに仔猫から目を離すと、ちゃぶ台の上からスケッチブックを取り上げた。

「君も好きにしてていいよ」

さらりと言われ戸惑う。

「って、座ります？　立ちますか？　ポーズは、取った方がいいんですよね」

「だから、自由にしていていい。動いていても。じっとしていても。適当に描かせてもらうから」

転げ回る猫をチラチラ目の隅で気にしながら、久城はさっさと膝《ひざ》を立てて座り左手に鉛筆を握る。

「えっ、そういうものなんですか？」

「普通に動いてくれた方がイメージが湧くんだ。だからこっちを意識しないで、むしろ自然にしていてほしい」

河岸でのスケッチのとき同様、久城はスイッチを切り替えるように自分の世界に入っていく。左手が真っ白い紙面の上を滑らかに動き出すのを見ていると、あの日の川辺の風景を思い出して洋介の心も澄んでくる。

とりあえず、集中し始めた彼の邪魔をしてはいけない。

脚を崩してしばしおとなしく座っていたが、どうにも居心地が悪い。スケッチブックからたまにチラリと上げられる視線が意識されて、だらけてはいけないように感じてしまう。そもそも、おとなしくじっとしていること自体苦手なのだ。

リン、と澄んだ音色に顔を上げる。庭の雑草を揺らしてぬるい風が入ってくる。外で日に炙《あぶ》られ熱した風も、なぜかこの部屋に入るときは心地よいそよ風に変わる。

「久城さん、庭に出てもいいですか？」

荒れ放題の庭を眺めていたら、急にいじりたくなってきた。

家の中は昭和の風情溢《あふ》れる上品な和風アンティークで統一しているのに、庭がジャングルさながらなのはなんとももったいない。光本家も旧家で土地持ちなので、洋介もたまに祖父を手伝い花木の世話をしたりする。畳の上でじっとしているよりは、庭をいじらせてもらっていれば緊張もせず、気も紛れそうだ。

「庭？　どうして？」

スケッチブックに目を落としたまま、久城が尋ねる。

「雑草が相当生えてるから気になって。久城さんはあまり気にしません？」

「しない。園芸関係は全く駄目なんだ」

「この部屋から見える庭が綺麗になれば、毎日快適に過ごせるかもしれませんよ」

「今でも十分快適だけど、君がどうにかしたいなら勝手にすれば。ただし、僕の視界から外れないでくれよ」

どうでもいい、という気のない声で久城が答える。

「了解。じゃ、勝手にさせてもらいます」

洋介は玄関からスニーカーを持ってくると、縁側から庭に出た。部屋を一歩出ただけで蒸すような熱気に包まれたが、時折チリン、と鳴る風鈴の音が不思議と涼しさを感じさせてくれる。

手始めに、門まで続く石畳の周辺から片付けていくことにした。家のわりには広い庭は相当手入れのし甲斐がありそうだ。

取りかかる前に、部屋を振り向いた。

久城はスケッチブックに優雅に左手を滑らせている。その隣では仔猫がネズミのおもちゃを抱え込んで、猫キックをくらわせている。

癒される温かい光景が、洋介の心のアルバムに綴《つづ》られる。

——ずっとこのままでいたい。

そう思ったら全身が心地よいぬくもりに満たされ、ふいに目の奥が熱くなった。叶《かな》うはずのない分不相応な望みに囚われてしまわないよう、洋介は瞬《また》き日を逸らした。

とにかく、庭を綺麗にしよう。久城にとって、ここがどこよりも居心地がよくなるように。

ずっとここにいてもいいと、思ってもらえるように。

「ねぇ」

抜いても抜いても片付かない手強い雑草と格闘し、おそらくかなりの時間が経《た》った頃だった。

頭を空にして作業に夢中になっていた洋介は、かけられた声に現実に引き戻された。

「ちょっとさ」

その声の不安げな響きに、あわてて振り向く。

久城はスケッチブックと鉛筆を脇に放り出していた。両手を畳につき上から覗き込むように、心配そうに仔猫を見ている。猫はネズミのおもちゃを抱えたまま、ぬいぐるみのようにじっと横たわっている。

「これ、大丈夫なのかい？　突然動かなくなったんだよ。電池切れみたいにパッタリと」

久城は細い指を伸ばして動かない仔猫に触れようと試みるが、やはり怖くてできないようだ。いつもはすぐに取り繕ってしまう不安げな表情を、今は隠そうともしていない。

生まれたての猫がそんなふうにいきなりパタッと寝てしまうのをよく知っている洋介は、あわてず縁側に上がり、久城の横から仔猫を覗いた。腕白小僧は思ったとおりフゥフゥと寝息を立て、気持ちよさそうに爆睡している。

「大丈夫、寝てるだけですよ。仔猫ってこんなふうにいきなり寝ちゃうんです」

「そうなの？　それにしても、ちょっと呼吸が速くないかな」

久城は大いにうろたえながら、らしくなくはらはらと洋介を見上げる。

「仔猫は呼吸が速くて浅いんです。それにしても、用心深いこいつがよそのうちでぐっすり寝入っちゃうなんて。よっぽど久城さんの家が気に入ったんだろうな」

さりげなくアピールしてみると久城はなんとも複雑な表情で眉を寄せたが、ひとまず安心はしてくれたようだ。

洋介は手を伸ばすと、黒い斑点模様の入った小さな体を撫でてやる。

「あっ、起きちゃうじゃないか」

「大丈夫ですよ。眠っている間でも好きな人に撫でられると、可愛がられてるのがわかって気持ちいいらしいです。久城さんも撫でてやってください」

「いや、僕は……」

「ほら、こうして」

伸ばしては引っ込めることを繰り返していた白い手を取り、仔猫の上にそっと置いてやった。上から自分の手を重ね、そろそろと撫でさせる。庭仕事の後で、草や泥で汚れた手のまま触れてしまったことに気付いたが、久城は全く嫌がる様子はなかった。無礼な手を振り払うこともせず、フワフワと猫を撫で続ける。

すぐ隣にある美しい顔を、洋介はそっと窺い見た。未知の生物に触れた驚きが、次第に穏やかな微笑に変わっていくのを目の当たりにして、胸が甘い優しさに包まれる。

洋介がそっと手をどけても、久城はそのままぎこちなく猫を撫でていた。

「どうですか？」

話しかけるとハッと手を離し、なんだかばつが悪そうに肩をすくめてみせる。

「まぁ、そうだな、うん。悪くないよ」

言いづらそうにもごもご言うと、

「もう時間だ。今日はこれで終わりにしよう」

と、そそくさとスケッチブックを閉じる。

「見せてくれないんですか？」

「これは下描き用のデッサンだから。完成した絵は見せてあげる」

いたずらっぽくクスリと笑う謎めいた笑顔も新鮮で、洋介を甘くときめかせる。

「楽しみだな。早く見たいです。……あ、でも、やっぱりゆっくりで」

言い直す洋介をどこか楽しそうに見ながら、久城は首を傾げた。

「どっち？」

「ゆっくり。楽しみは先送りにするタイプなので」

絵が描き上がるまでは、こうして彼と一緒に過ごせる。

そんな洋介の本心に気付いているのかいないのか、久城は微笑し、「じゃ、お言葉に甘えて、ゆっくり」と返してくれた。

嬉しさがじんと全身に染みそのまま帰りたくなくなってしまいそうで、洋介は重い腰を無理矢理上げた。傍らに置いてあったキャリーケースを取り上げる。

「それじゃ、今日はこれで」

暇を告げ、ぐっすり眠り込んでいる仔猫を回収すべく手を伸ばす。

「え、何する気だい？」

「何って、もう帰りますから」

「でも、眠ってるじゃないか」

「ええ、けど……」

「起こすことはないだろう。いいじゃないか、そのままにしておけば」

思わず見返した久城は、何とも気まずげに明後日《あさって》の方を向いている。言い方もやけにぶっきらぼうなのは、もしや照れているのか。

これは行けるか、と、洋介はもう一押しの勝負に出てみることにする。

「でもこいつ今里親探しの最中なんで、いつ誰がもらいに来るかわからないんですよね」

「えっ？」

明らかに驚きそわそわし始める久城。おそらく、かなり動揺している。

「でもまぁ、あれだな。こいつもここが気に入ったみたいだし、久城さんが欲しいって言ってくれるなら、里親希望の人達は断ろうかな」

「いや、僕は別に、欲しいとか、言ってるわけじゃ……」

「あれ、そうですか、残念。猫と飼い主にも相性があって、久城さんとこいつはよさそうだからうまくいくんじゃないかと思ったんですけど」

落胆の表情を作り猫を抱き上げようと伸ばした手を、久城が摑んだ。

「ちょ、ちょっと待って」

「はい？」

「猫の意思だって尊重すべきだと思う。彼がここを気に入ったということなら、まぁ、同居させてあげるのは、僕もやぶさかではない」

随分と遠回しだが、非常に言いづらそうに久城は猫をもらうと言ってくれた。洋介は心の中でガッツポーズを決める。

「本当ですか？　よかった、ありがとうございます！　本当は俺、最初にピンときたんです。こいつ初対面のくせに、明らかに久城さんのこと気に入ったなって」

「うん、まぁね。ぼ、僕もそうじゃないかとは、ちょっと思ったんだ」

照れまくっているくせにわざと困り顔を作り、内心の嬉しさを必死でごまかす久城の表情がレアで、洋介は口元をほころばせる。笑いを隠せない洋介を久城はばつが悪そうに軽く睨み、咳払《せきばら》いして指を一本立てた。

「けど、大きな問題があるよ」

「問題、ですか？」

「僕には猫の世話の仕方が全くわからない」

「それなら即解決です。俺が全部教えますから。まず、撫で方はもうわかりましたよね？」

「うん」

久城は面白いほど真剣な顔で頷いた。

「仲良くなれるスキンシップは大切です。もう一度やってみてください」

素直に頷き、細い指で小さな背中をそろそろと撫で始める。仔猫が薄く片目を開いてみゃっと言ったが、久城はもう怖がらなかった。

「やわらかくて……あったかいな……」

小さなつぶやきは洋介に話しかけるというより、思わず漏れてしまったようだった。普段の久城には似合わないそのまろやかな一言が、洋介の耳を心地よくくすぐる。

洋介は上げかけた腰を下ろし、安心して寝入ってしまった猫を撫で続ける久城をそっとみつめた。

この一時間で、知らなかった久城の顔をたくさん見ることができた。きっと距離も、また少しだけ近くなった。

だがどんなに近付いたつもりになっても、透明な壁が二人の間を厳然と隔てていることには変わりない。

それを思うと、ふいに切なさが増した。

「久城さんのことが知りたい……村に来る前のことが」

問いかけるでもなく、独り言のようにさりげなく口にした。無視されたらそれはそれでいいと思っていた。

安らいでいた久城の横顔が微かに憂いを帯び、物憂げな顔がゆるりと壁の絵葉書に向けられる。

「君、あのとき……見てたんだよね」

全身の血がスッと引いていく感覚に洋介は拳を握った。『あのとき』というのが、久城が小野寺と話をしていたときのことを指しているとすぐにわかったからだ。

思わず見返した久城の瞳には責める気配はなく、むしろ穏やかだった。

「あのあと、君が何も聞かずさりげなく僕を気遣ってくれたことには、感謝してる」

沈んだ久城の気が少しでも紛れるよう、一人でどうでもいい話を続けた洋介の想いは通じていたらしい。久城にしては率直な礼の言葉は、洋介の心の暗がりにほのかな明かりを灯《とも》してくれた。

「あの人は、絵葉書の人ですか?」

一歩踏み込んだ問いに、久城は頷く。遠い目で、壁に貼られた葉書の列を眺めながら。

「彼に絵を教えてたんだ。絵はいいよ。描いた人の持つ空気が、そのまま映し出されるから。こうして貼ってあると、彼がそこにいてくれるような気がして安心する」

「……小野寺勝利さんは、恋人なんですよね」

ひそかに苦味を噛み締めながら、洋介は確認する。久城はしばし黙していたが、

「不倫だけどね」

と、どこか投げやりにつぶやいた。

長く続く沈黙にそのまま会話が終わってしまいそうで不安になり、「聞かせてください」と促す。

久城が今も想いを寄せている相手のことを聞かされるのは、つらくないと言えば嘘になる。だが、それでも洋介は知りたかった。

彼がなぜ、痛みを抱えてこの地に一人移り住んできたのか。

リン、と風鈴が相槌を打つように澄んだ音色を響かせた。

「彼……小野寺さんはやり手の美術商で、僕が美大生のときから目をかけてくれていた。画

家としてやっていけるようになったのも、彼がバックアップしてくれたおかげだ。仕事と生活両面で何かと面倒をみてもらううちに、そういう関係になった。でも、彼には妻子がいた」

久城の口調は淡々としている。まるでもう完全に過去となった恋愛を、思い出として語るように。

だが、洋介は知っている。久城にとって小野寺に対する想いは過去ではなく、まだ生々しい現実であることを。

「光本君、君ご家族は？」

いきなり聞かれ、面食らう。

「両親と祖父母、兄夫婦と高校生の双子の妹の九人家族です。親戚もそこここに何軒も。一族みんな村の人間ですから」

「ふぅん、いいな。楽しそうだ」

目を細め微笑した久城は、本心からそう思っているように見えた。見るからに自由人の彼は、家族とかそういったものに愛着を持たないタイプかと勝手なイメージを抱いていたので、なんだか意外に感じた。

「どうでしょう。しがらみが多いのが不自由だって感じるときも、正直ありますよ。一人気ままになりたいって」

「贅沢《ぜいたく》な悩みだよ。助け合える家族がそばにいるのはいいことだ」

猫を撫でる手を止めずに、久城は庭に視線を投げる。さわさわと揺れる庭草をみつめているというより、もっとどこか遠くに思いを馳せるように。

「僕は早くに両親を事故で亡くしてね。兄弟も親戚もなく天涯孤独なんだ。そんな僕を不憫《ふびん》に思ったんだろうな。小野寺さんは本当の肉親のように、親身に助力してくれた。そんなふうに人からよくしてもらったことなんかなかったから、僕は彼にのめり込むようにハマってしまった」

小野寺もおそらく気付いていたのかもしれない。一見気丈に見える久城の氷の仮面の下に隠した、繊細で寂しい本当の顔に。そしてその類《たぐ》い稀《まれ》な美しい人にとって自分だけが頼りなのだと知れば、もう放ってはおけないだろう。

首を振る久城に、何かを必死で訴える男の姿が蘇る。ハマってしまったのはむしろ、小野寺の方だったのではないか。

「彼のすべてを自分のものにしたかった。僕だけをみつめて、僕だけに優しくしてほしくて……だから、奥さんと子供さんから彼を奪おうと決めたんだ」

わずかにひそめられる美しい瞳。冷ややかな口調。過去の自分の愚行を忌わしく思い返すかのようだ。

「当然、小野寺さんは僕との関係を奥さんには秘密にしていた。日曜日、僕は彼の家に向かった。休日は家族サービスの日だと知っていたから、その場に乗り込んで洗いざらいぶちまけてやろうと思ったんだ。そんなことをしたって彼が手に入るわけがないのに、愚かだよね」

そうは思わない。ただ、そこまで追い詰められた久城の心情を想像すると胸が痛くなるだけだ。むしろ彼をそんな状態にしたまま都合よく家庭と両天秤にかけていた男に憤りを感じ、洋介は壁の絵葉書を無意識に睨む。

「でも、家に近付いて彼等の姿が見えた瞬間、足が止まってしまった。花に囲まれた綺麗な庭に、彼と奥さんと女の子がいた。何かゲームをしていたようで、庭中に笑い声が満ちていた。絵に描いたような幸福な家庭……そんなものに価値を認めたことはなかったはずなのに……僕はその光景を、とても美しいと思ったんだ」

瞳が閉じられる。その瞼の裏には、幸福な家族の姿を蘇らせているのだろうか。

「彼に対する独占欲とか、妻子への嫉妬とか、そういう薄汚れたものがその瞬間全部吹き飛んでしまった。家族に向けられる彼の眼差しは優しくて、深い愛情に満ちていた。僕には壊せないと思った。そして、絶対に敵《かな》わないって」

洋介はひそかに拳を握る。その瞬間の久城の痛みを今我が身に受けているような、そんな錯覚に陥って。

「彼等が家に入るまで一時間くらい、僕は物影からそっと見守っていた。僕の立っている所まで彼等の光は届いてこなかったけれど、みつめているだけで幸福の欠片《かけら》を分けてもらっているような気持ちになったよ」

うっすらと開かれた目には、懐かしさの代わりに自嘲《じちょう》と虚無が滲む。

「自室に戻ってから、彼等家族の絵を描こうとしてみた。優しいぬくもりと愛に満ちた光景を形にして残しておきたかったんだ。でも、駄目だった。何枚描いても、僕には無理だった。僕の描く絵には心がない。いびつで歪んだ、偽者の家族しか描けなかったんだ」

久城は深く息を吐く。その溜息が、場の張り詰めた空気を震わせる。

長い沈黙を破って、洋介は静かに問いかける。

「あなたがこの村に越してきたのは、そんな彼をみつめているのがつらくなったから……？」

答えに惑うように、伏せがちな瞳がわずかに揺れる。

「それもあるけれど、とにかく離れないといけないと思った。僕は、幸せな彼等の近くにいてはいけない人間だから……」

表情の薄い横顔に寂しげな影がよぎった。

「葉書だけで十分だと思ってた。彼のぬくもりを映し取った絵葉書を眺めながら、思い出に浸って静かに暮らせればいいと。でもああして会いに来られると、やっぱり心は揺れる」

細い眉が寄せられ、口調には痛みが滲む。

「僕には彼しかいなかったから、今もまだ彼に対する根深い執着から逃れられないんだ。闇にしか棲《す》めない醜い怪物が光に満ちた世界に憧れるように、手に入らないぬくもりをいつまでも恋しがってしまう」

誰よりも美しくすべてにおいて恵まれた人が自らを醜い怪物に例えるのが理解できず、洋介は首を振って否定する。

「俺には、わかりません」

正直な感想が口をついて出た。

「俺からしてみれば久城さんの方がむしろ、手の届かないところで光ってる星みたいに見える。あなたさえその気になればなんでも手に入れられるのにって、そう思います」

洋介の率直な言葉に、久城の口元がどこか虚しい微笑を刻んだ。

「それは、君自身が明るい世界にいるからわからないだけだ」

虚無の影を宿した瞳が洋介を振り向く。

「君は陰りがなくまっすぐで、夏の日差しがよく似合う。この穏やかな村で優しい女性と添い遂げて、ぬくもりを分け合いながら大切なものを守っていくのが似合う人だ。僕とは違う。完全に」

はっきりと線を引く残酷な拒否の言葉に、胸が突かれるように軋んだ。

「俺は女性を愛せません。好きなのはあなたです」

告げまいと思っていた一言が、抑えようもなく零れ出た。理解できない自己完結で一方的に切り離されてしまうかもしれないと思うと、堪えようとしても声に怒りと焦りが混じってしまう。

洋介の真摯《しんし》な眼差しを受け流し、久城はきっぱりと首を振る。

「家族からぬくもりを与えられそれを自然に受け取ってきた人間は、その期待を裏切れない。光の中をまっすぐ歩いていくことが本当の幸せなんだと、冷静になればきっとわかる」

「そんな……」

「僕は君の横をちょっと通り過ぎただけの亡霊みたいなものだ。いなくなったらすぐに忘れるよ」

いなくなる、というその言葉にゾッとし背筋が寒くなった。

「久城さんは、自分のことをわかってない」

焦燥にかられ、洋介はとっさに言い返した。

「闇の中に棲んでいるなんて、勝手に決めてるだけだ。あなたの言うぬくもりや優しさはちゃんとあなたの中にもあるのに、それに気付いてないだけなんです」

言い募る洋介を、久城はどこか達観した表情でじっと見返す。どんなに語りかけても動かすことの出来ないその心は、硬くて冷たいダイヤモンドのようだ。

「君のような人は、一生懸命がんばれば不可能も可能になると思ってるんだろう？　そんなところも僕には眩し過ぎる。でも、不可能はしょせん、不可能なんだ。砂漠の真ん中にいきなり泉が湧き出たりしないように」

乾いた口調で言い切られ、洋介は口を噤んだ。

どうすればわかってもらえるのだろう。頑なに光から背を向けている久城を救うことができるのは、小野寺勝利だけなのか。自分ではどうがんばっても、彼の凍った心を溶かすことはできないのか。

自分から小野寺とのことを聞きたがっておきながら、聞かなければよかったと今さらながら後悔が湧き上がる。洋介はしょせん外部の人間、久城と小野寺との長年にわたって築かれた強い絆《きずな》の間に、割って入ることなどできるはずがないのだ。

だが、可能性がないから諦めてくれと言われ、簡単に諦められればどんなに楽だろう。寂しげな横顔の理由を知ってしまった今、想いはさらに彼に傾いてしまっているのに。

近付いたと思えば遠ざかり、もう手を伸ばしても届かない。そばにいて見守るだけという位置がこれほどつらいものだとは思わなかった。

「本当によく寝てる……。気持ちよさそうだ」

長い長い沈黙のあと、久城がつぶやいた。動きを止めていた細い指が、またフワフワと猫を撫で始める。この話は終わりだ、と暗に告げられた気がした。

秘めた過去を語ることは、久城にとっても精神的に負担がかかっただろう。これ以上引っ張る気は洋介もなかった。安らぎを取り戻した目の前の表情を、再び虚しさに支配させたくはない。

「俺これから家に行って、こいつのトイレとか餌《えさ》持ってきます」

沈む気持ちを奮い立たせ意識的に明るい声を出すと、洋介は立ち上がる。

どんなにつらくとも、望みがなくとも、久城を守りたい気持ちに変わりはない。あからさまに線を引かれ望みのなさに打ちのめされても、今は彼のために出来ることを精一杯するだけだった。

「起きたらおもちゃで遊んでやってください。すぐ戻ってきますから」

「光本君」

部屋を出かけた背に、声がかけられた。

「この子を僕にくれて、ありがとう」

抑揚のない静かな一言だったが素直な想いがこもっているように感じて、洋介の心は温まる。久城に託した小さな仔猫がどうか少しでも彼を癒してくれるようにと、心から祈らずにはいられなかった。

＊

久城《くじょう》は猫に、スポットという名前をつけた。斑点《はんてん》の英語だ。

スポットの様子を見に行くと理由をつけて、配達やモデルと関係なく洋介《ようすけ》は久城の家に頻繁に立ち寄るようになった。上がり込むわけでもなく庭先から声をかけ、久城が窓を開けてくれると縁側に座り、スポットを構っていくのだ。

久城とスポットは意外にもうまくやっているようだった。マイペースな猫同士、互いに干渉し合わないところがいいのかもしれない。

久城はスポットを過度に可愛がらないし、スポットも久城にベタベタ甘えない。まるでルームシェアしている同居人といった感じだ。でも久城が叱ると柱で爪《つめ》を研ごうとするのをやめるところを見ると、躾《しつけ》はちゃんと行き届いているようだ。

土曜日はモデルの務めがあるので、洋介は少しだけ長い時間久城宅に滞在する。雑草退治は徐々にだが着々と進み、ひと月も経《た》つと石畳の周囲はすっかり綺麗《きれい》になった。だがまだ庭は広い。

絵の仕上がり具合を聞くと、半分くらいだと答えが返ってきた。当分は完成しないだろうことに、洋介は内心安堵《あんど》する。それは久城が当面の間は、この家にいてくれることを意味しているからだ。

だが一方で、どうしようもなく膨れ上がる不安もずっと抱え続けていた。

最後の葉書が届いて以来、小野寺《おのでら》からの便りはやはり途絶えていた。小野寺は本気であのひまわりを最後の絵葉書にするつもりなのだ。おそらくもう久城の元に新たな便りが届くことはないだろう。

久城の笑顔を守りこの地に留《とど》まってもらうための選択肢は一つだけ。洋介は、一回限りと思っていた葉書の偽造をそのまま続けた。

最初の一枚は見本があったが、二枚目からはない。絵を描き慣れていない洋介にとっては、葉書程度の小さな水彩画でも描き上げるまでには相当な時間と集中力を要した。清書の前の下描きも含めると十日間のほとんどを使ってしまう、根気のいる作業だ。偽造消印は日付の部分を削り、不自然に見えないよう細心の注意を払いながら手で書いた。

苦労した挙げ句仕上げたものを眺めても毎回達成感はなく、ただ心の底に澱《おり》のように罪悪感と自己嫌悪が積もるだけ。だがそんな負の思いはすべて、久城にそれを渡した瞬間泡のように消え失《う》せるのだ。

動揺を悟られないよう表情を整えた洋介が差し出す葉書を受け取ると、久城はいつも噛《か》み締めるように愛情深い微笑を浮かべる。それが小野寺の手によるものと全く疑わず、素直に喜びの表情を見せてくれる。

たとえ自分に向けられる笑顔ではなくとも、久城が喜んでくれるのなら洋介は満足だった。そのためならどんな努力でもするし、じくじくと胸を刺し続ける痛みも強引に感じないふりをすることが出来た。

最初の一枚は似せるだけで精一杯だったが、二枚目からは久城の笑顔を思い浮かべながら筆を握った。そうすると、悪いことをしているという自責の念は少しだけ薄れてくれた。

スポットを託したあとにはフワフワした温かいものを届けたくて、隣の家で生まれた黄色いヒヨコを描いた。久城の気分が少し塞《ふさ》ぎ口数が少なく思えたときには、元気が出るように力強いカブトムシを描いた。

疑われないようわざと味気ないメッセージを添える代わりに、絵自体に洋介自身の気持ちを込めて届けたかった。

だが、久城を慰め喜ばせるために一生懸命考え、想いを込めて描き上げた葉書は、彼の手に渡ったあとは居間の壁に貼られることになる。小野寺の絵葉書の続きの列にだ。部屋を訪問しそれが目に入るたびに、騙《だま》しているという事実が洋介の肩には重くのしかかった。

自ら進んで手を汚し、深く傷付き、そんなことまでしても報われない恋にそれでもしがみつくのは、いつか実るかもしれないという期待からではなかった。

久城に笑っていてほしい。いつまでもここにいてほしい。

望みはただそれだけなのだ。

目の前の葉書に、今日は綺麗な琉金《りゅうきん》を描き上げた。ちゃぶ台の水鉢を思い出し、そこにこんな金魚が泳いでいたら涼しげだろうな、と思い付いて描いてみたものだ。

小さな家に一緒に住む一人と二匹。スポットと金魚は相性が悪そうだが、久城がちゃんと言い聞かせればきっと仲良くできるだろう。想像すると洋介の頬《けお》は自然に緩んだ。

秋になれば、もっとたくさん描きたいものがある。

田んぼの中にたたずむユーモラスな案山子《かかし》もいい。きっと久城はいつもよりもっと笑ってくれる。秋風に金の穂をなびかせるすすきの群れもいい。綺麗な風景は久城の心を和《なご》ませ、癒してくれるだろう。

だが、一体いつまでこんなことを続けていられるのかという現実に向き合えば、不安とやるせない切なさだけが洋介の心を覆った。

今の凪《な》いだ海のような静かな時が一日でも長く続くようにと、ただひたすら祈るしかなかった。

九月も半ばになるとひと頃の焼け付くような日差しはなくなり、時折秋を感じさせる涼しい風が頬を過ぎるようになる。年に一度の秋祭りが終わると、季節はスイッチを切り替えたように本格的な秋へと移っていく。

そんな初秋の香りを風に感じる十五日、葉書を届けに高台の家に向かう洋介に嵐は突然やってきた。

村でたった一台の自動販売機の手前に、その車は停《と》まっていた。見間違えようはずがない。村では見かけないそのシルバーメタリックのベンツは、あの日高台の家の脇に停められていたものと同じ、小野寺勝利《かつとし》のものだった。

自動販売機の前に立ち缶コーヒーを傾けている男を認めた瞬間洋介の全身は冷え、そしてすぐに熱くなった。

おそらく小野寺は、これから久城のところに行くつもりなのだ。

会ってしまえば心が揺れると、そう久城は言っていた。せっかく穏やかな日々を送っている彼が、小野寺に会えばまた悩み、悲しい顔をするのは目に見えている。

会わせたくないと、とっさに思った。

自分勝手に追いかけてきては久城を悩ませる男に憤りを感じ、洋介は自転車から降りるとまっすぐ小野寺の方へ近付いていった。

「小野寺勝利さんですか？」

問いかけると男は濃い色のサングラスをはずし、訝しげに眉《まゆ》を寄せ洋介を見返してきた。近くで見ると圧倒されるような彫りの深い艶《あで》やかな美貌《びぼう》。自信に満ちた態度は大人の男の余裕を感じさせる。

「君は？」

「久城悠月《ゆづき》さんの知り合いです。久城さんに会いに来たのなら、どうか帰ってください」

決然と言った洋介を小野寺は唖然とみつめていたが、フッと口元に微笑みを浮かべた。この青二才が何を、とでも言いたげな上から目線の微笑だった。

「君は、この村の郵便配達員だな」

横柄な視線をザッと洋介の全身に投げ、小野寺は切り捨てるように言い放つ。

「君に指図されるいわれはない。私と悠月のことは、君には関係ないことだ」

急な夕立のような不快な黒雲が洋介の内面に影を落とす。付き合いの長い男が久城を名前で呼ぶのは当然かもしれないが、そんな些細《ささい》なことですら嫉妬《しっと》の火種となる。

「久城さんからあなたとのことを聞きました。あなたは卑怯《ひきょう》だ。家庭を大事にしながら、彼のことも都合よく捕まえておこうなんて」

「悠月が君に私達のことを話したのか？」

小野寺が驚きに瞳を見開いたが、洋介の怒りは止まらない。

「一体どういうつもりですか？　一方的に別れの葉書を送りつけてきたくせに、また会いに来るなんて。自分勝手な想いで久城さんを振り回さないでください」

いきり立つ洋介に、小野寺は顔をしかめる。

「久城さんがどんなにつらい思いをしたか、あなたはわかってないんだ。そんな人に彼を連れ戻す資格なんかありません」

憤りは留まるところを知らず、攻撃的な言葉となって次々と弾《はじ》ける。

「なるほどな、君が……」

小野寺は唐突に言葉を切ると、男らしい眉を寄せ洋介を見返した。一触即発の空気を孕《はら》んだまま、二人はそのまま対峙《たいじ》する。

空になった缶を小野寺がゴミ箱に放り入れるカランという乾いた音が、張り詰めた沈黙を破った。その口元には余裕めいた微笑が戻ってくる。

「そんなふうにつっかかってくるところを見ると、君は悠月に惚《ほ》れてるのか？」

「っ……いけませんか」

望みもないのに一途《いちず》に想い続けた挙げ句、恋人同士である二人の間に割って入ろうとする洋介は、小野寺からすれば哀れな道化に見えるのかもしれない。だが、偽りのない気持ちを、彼にもはっきりと知っておいてほしかった。

久城を不幸にしたら許さない、という決意を込めて、洋介は小野寺を真っ向から見据える。そんな洋介のまっすぐな熱を軽くあしらうように、小野寺は嘆息を漏らす。

「悠月はまだ私に心を残している。君もわかっているだろう」

「っ……」

反論できず、洋介は唇を噛んだ。

もちろん、本当は知っている。そして知っているのは、久城の本心だけではない。

今自分が小野寺の前に立ちはだかっているのはもしかしたら久城のためを思ってのことではなく、単に彼を連れて行かれたくないだけなのではないのかということも。

小野寺と会って、冷めかけた久城の気持ちが再燃してしまうことを、本当は恐れているのだということも。

「どうした。言い返せないのか？」

小野寺の口調は挑戦的だった。

「久城さんが、まだあなたを想っていることは知っています。けど俺は、あの人に不幸になってほしくないから……っ」

「幸福か不幸かは悠月が決めることだ。大体悠月はこの村では異分子だろう。長くい続けられるはずがない。バカンス気分の地方暮らしも、もう十分満喫しただろうからな。東京に帰った方が彼のためにもなる」

「東京に連れ帰ってまた元のような関係を続けるつもりですか。それじゃ久城さんが苦しむだけだとどうしてわからないんです」

拳《こぶし》を握り相手に詰め寄る。燃えるような瞳で睨《にら》む洋介の視線を、小野寺は冷めた目で受け止める。

「君には関係ないと言っている。私達はうまくいっていた。選ぶのは悠月だ」

向かい合う二人の間の張り詰めた緊張を、通りがかった村の老人達が解いた。

「おう、洋介どうした？　お客さんか？」

のどかに話しかけてくる顔見知りの老人に、洋介は動揺を抑え笑顔を向ける。

「あ、ええ。ちょっと、知り合いで……」

外部の人間、それも都会でもさぞ目立つだろう美丈夫の小野寺は、村人達の興味津々《しんしん》の視線を浴びて苦い顔で視線を避けた。

通り過ぎていきながらも気になってしょうがないのか、老人達は何度も振り返っている。

「今日のところは帰ろう」

小野寺は気まずげにサングラスをかけ直すと、車のドアを開けた。乗り込む前に洋介を振り向く。

「悠月にとって一体何が幸せなのか、君ももっとよく考えてみることだな」

ドアが閉められ、重いエンジン音が車体を震わせる。

「あ、待っ……」

引き止める間もなく発進した車影は、あっと言う間に遠くなっていった。

絵葉書のことを聞き損なった。

久城の幸せを考えろというのなら、逆に言ってやりたかった。彼の気持ちを無視して強引に連れ去ろうとする前に、彼の想いを理解し絵葉書を再開してほしい、と。

小野寺にはきっとわからないのだろう。久城が望んでいるのは、以前の生活に戻ることではない。

久城はおそらく待っているのだ。互いの唯一の絆《きずな》である絵葉書を支えに、静かに静かに傷を癒しながら、小野寺の心が変わってくれることを。小野寺が、自分だけのものになってくれる日が来るのを。

まるで奇跡を願うように、待ち望んでいる。

その望みを叶《かな》えてやりたい気持ちとともに、二人を会わせたくないという嫉妬に満ちた独善的な欲求が洋介を悩ませる。久城の幸せを願っているふりをしながら、それは結局利己的な感情なのだと自覚すると、激しい自己嫌悪が心を疼《うず》かせた。

腕時計のアラーム音が、意識を現実に引き戻す。三時だ。

心に澱《よど》む苦味を押し込めて、洋介はペダルを踏んだ。今すぐに久城の顔が見たかった。彼がまだ自分のそばにいてくれることをこの目で確認したかった。

愛車を軋《きし》ませながら坂道を一気に上ると、半分だけ綺麗になった庭に久城とスポットの姿が見えてきた。自転車を停め、降りる。

洋介の気配に気付いていない久城は、無邪気な微笑を口元に浮かべてスポットと遊んでいた。ねこじゃらしのおもちゃでこちょこちょと鼻をくすぐっては、繰り出される猫パンチをひょいひょいと避《よ》けている。捕まりそうになるとうまく逃げては、笑いながらスポットに何か話しかける。仔猫が転がったままにゃあと返事をする声が届く。

平和な光景が、嫉妬と自責でボロボロになった洋介の心をそっと包んだ。

――この穏やかで温かい風景が、ずっとそばにあるように。

たったそれだけの願い。だが自分がそれを望むことはお門違いで、そんな資格など全くないのだ。

洋介にとっては世界で一番尊い目の前の風景が、あまりにも儚《はかな》い幻のように見えて、我知らず瞳が潤んできた。

「何だ、びっくりした。来てたのか」

立っている洋介にやっと気付いた久城はあわててねこじゃらしを背に隠し、ばつが悪そうに眉を寄せた。

「そんなところで見てるなんて、悪趣味だな」

「二人ともすごく楽しそうだったんで、邪魔しちゃ悪いかと思って」

すべての感情を押し込めて、洋介は笑顔を向ける。

「珍しく君が遅いから。もう時間を過ぎてるよ」

「すみません。遅れてしまって」

照れ隠しかちょっと怒った様子の久城に、洋介は葉書を差し出す。

ちゃぶ台の上の水鉢に浮かんで、久城とスポットを見守ってくれるところを想像しながら、一生懸命描いた金魚だ。薄い水色を刷いたバックに泳ぐ綺麗な橙《だいだい》色。久城の微笑を想いながら描いた金魚はなんだか笑ったような顔になってしまったが、それはそれでユーモラスな雰囲気になった。

「いつもどうも」

そう言って彼が葉書を受け取るその瞬間は、いつでも鼓動が高鳴る。特に今日は騙しているという自責に加え、ついさっき彼の愛する男を追い返してしまった醜い嫉妬心に対する自己嫌悪が、洋介を押し潰《つぶ》しそうになっていた。

固唾《かたず》を呑《の》んで見守っていると、相手の瞳がわずかに見開かれた。

「へえ……」

小さな声が久城の唇から漏れた。葉書を受け取った彼が声を発するのは初めてのことで、洋介の全身は緊張に強張《こわば》ったが、その顔を飾ったたえもいわれぬ温かい微笑みを見て、嫌な感じに速くなった心音は急速に落ち着いてくる。

そしてその微笑で、すべての痛みが癒される。自分勝手な罪が許されたわけではないのに、これでいいのだと思えてくるのだ。

――いつか罰が下るとしても、後悔なんかしない。

たとえほんの数秒でも久城にやすらぎの時を贈れたことに満足して、洋介は背を向ける。

「それじゃ、失礼します」

小野寺を追い返したことをもし久城が知ったら自分を許してはくれないだろうと思うと、そうして向かい合っていることすらいたたまれなかった。

「光本君《みつもと》」

呼びかけられハッと振り向くと、澄んだ瞳が洋介をじっとみつめていた。

「なんだか元気がないね。体調でも悪い？」

「え……？　そんなことは……元気ですよ」

動揺を隠し洋介は笑顔を作るが、久城は納得していない顔だ。勘のいいスポットまで、心配しているのかそろそろと足元にすり寄ってくる。

「疲れてるんじゃないのか？　休日の土曜日までモデルなんか頼んでるから。絵もなかなか仕上がらないし」

「ゆっくり描いてください。言ったでしょう？　その方が俺も嬉しいって。それに庭の方も、まだ半分も終わってませんから」

と、冗談めかして返す。

「庭のことはともかく、君にはバイト料を払わないといけないよね。そのへんはちゃんと心得てる。安心して」

「いりません。俺はここに来るのが楽しいんです。気を遣わないでください」

「でも、それだと僕の気が済まない。実際庭は綺麗になって、この部屋から見える景色も変わってきたよ。それに、彼の生活に必要なものも全部揃《そろ》えてもらってしまったし」

彼というのはスポットのことだ。トイレや餌《えさ》皿、キャリーケースなどは、里親になってくれるお礼としてオプションでつけたのだが、久城としては借りができたようで負担に感じるのかもしれなかった。

「それじゃ一つ、お願いしてもいいですか？」

「うん。何？」

「今度の日曜、式鳴《しきなり》神社で村祭りがあるんです。一緒に行ってくれませんか？」

「村祭り？」

久城は外国語でも聞いたかのように、キョトンと涼やかな日を見開いた。

洋介自身、今の今までそんなこと考えてもいなかった。どうせ今年も例年の祭り同様、村に残っている同年代の連中とつるんで適当に流すつもりだったのだ。

大体、村の人間と一線を隔したまま別次元で生きている久城が、祭りに参加する図が全く想像できなかったし、誘ってもすげなく断られるだろうことは答えを聞くまでもなくわかっていた。

だが、もしも一緒に行けたならどんなに嬉《うれ》しいだろうと思う。部屋でともに過ごす時間以外の久城の素顔も、思い出として記憶に残すことができるなら……。

小野寺は、おそらく洋介の知らない久城の顔をたくさん知っているはずだった。張り合うつもりはなかったが、洋介も自分だけの久城との思い出が急に欲しくなったのだ。

「年に一度のお祭りなんです。屋台もイベントもない、盆踊りだけの地味な祭りなんですけど、村の人達の持ち寄りのご馳走《ちそう》がたくさん出て、結構楽しいですよ」

久城の表情が複雑に曇る。困惑しているらしい。

「僕は、村の人達によく思われていない」

小さく漏らされたつぶやきは悲しそうでも不快げでもなく、ただ事実を述べるように淡々としていた。口調が無感情な分、その一言はむしろ寂しく響く。

「村の人は警戒心が強いから、知らない人には最初はなかなか打ち解けないんです。でも、みんないい人ばかりなんですよ」

久城は答えない。顎《あご》に軽く左手を当てたまま、じっと考え込んでいる。

聡《さと》い猫がトトッと寄っていくと、主《あるじ》を見上げてみゃっと鳴いた。心配しているのだろう。久城はしゃがみ込み、君ならどうする？　と問いたげにスポットを見て首を傾《かし》げ、その額《ひたい》を撫《な》でてやっている。

「久城さん、すみません。俺、無理言ってますよね。嫌ならもちろんいいんです。気にしないでください」

自分のわがままで久城が不安がり憂鬱《ゆううつ》になるようなら、もちろんそんなことはさせたくない。洋介は唐突な思い付きをすぐに取り下げた。

「僕が……」

じっくり考えていた相手が、やっと口を開いた。

「僕が同行したら、君に迷惑がかかるんじゃないかな。得体の知れないのと付き合いがあると思われて」

洋介は驚いた。まさか久城が彼自身のことより、自分の方を心配してくれているとは思わなかったのだ。

「そんなこと絶対ありません。むしろ歓迎されるかも。よく連れてきたって」

優しい気遣いが胸に染み、洋介は自然笑顔になる。

「それより、久城さん自身はどうなんですか？　やっぱり嫌？」

「僕？」

「ええ。ここでは新しい人はどうしても注目されますし、こんな田舎の地味な祭りじゃ楽しめないかもしれないし」

「僕は嫌じゃないよ。むしろ、どんな感じかとても興味がある」

迷いなくきっぱりした答えはどうやら本心のようだ。

「ただ、僕が入ることで場が白けたり、雰囲気が悪くなったりしないかが、ちょっと気になるけど」

主人を励ますように脚に頭をすりつけるスポットを撫でながら、久城は珍しく不安げに俯いた。

「俺がそばにいます」

洋介は即座に断言した。びっくりした顔が向けられて気恥ずかしくなるとともに、守ってやりたいという愛《いと》しさも湧《わ》いてくる。

「久城さんに嫌な思いをさせないように、俺が全力で守りますから」

過剰なくらい熱を込めて告げる洋介から、久城は戸惑ったように目を逸《そ》らしたが、「ずいぶんと大げさだけど、まぁ、そこまで言うなら、僕でよければ同行させてもらうよ」と言ってくれた。

「ありがとうございます！」

力の入り過ぎた礼の一言に、久城は一瞬キョトンとしてからいきなり声を立てて笑った。涼やかな風に揺らされる風鈴のような綺麗な声が、洋介の心の琴線《きんせん》に触れる。

「日曜の夜の七時に迎えに来ますね。すごい楽しみにしてますから」

抑えようとしても声が弾んでしまう洋介に、久城の笑いは止まらない。

「そんなことでこれほど喜んでもらえるなんて、お手軽だな」

草の上にコロンと寝転がる仔猫《こねこ》を撫で「君も一緒にお祭りに行きたい？」などと話しかけているその姿が、彼特有の照れ隠しのように見え気持ちが和む。

以前には知らなかったいろいろな表情を、最近の久城は素直に見せてくれる。一緒にいられる間にもっとたくさんの久城を知りたい。一分でも一秒でも長く、隣にいてほしい。

彼を連れ去ろうとしている男の影を頭から無理矢理追い払い、洋介は来たる日曜のことだけに思いを馳《は》せていた。

＊

『鳩が豆鉄砲をくらったような顔』というのは、まさに今の光本家の女性達の表情そのものだろう。

祭り会場の神社に行く前にスポットを預けるため自宅に寄り、洋介が久城を紹介すると、祖母、母、兄嫁、双子の妹は全員、目と口をポカンと開けっ放しにして麗人に見惚《みと》れてしまった。

「ちょっとさ、何とか言ったら？　久城さんにはスポットを可愛《かわい》がってもらってるんだから」

その気取らない純朴過ぎる反応には洋介も恥ずかしくなってあわてて促すと、祖母と母が、

「ああ、ええ！」

「それはもう本当に、ありがとうございます！」

とかなんとか、しどろもどろになってやっと頭を下げた。

「あ、いえ、とんでもない。僕の方がむしろ、その、彼をいただいて、あの、感謝してます」

驚いたことに、そう言って頭を下げ返す久城の方もしどろもどろだ。いつもの冷たげに澄ました態度はどこへやら、怖いものなしの女五人に囲い込まれた輪をどんどん狭められ、今すぐにでも逃げたそうな顔をしている。

「お兄ちゃん、なんで隠してたの～？　高台のおうちのイケメンさんと友達だなんて！」

「そうだよぉ！　もっと早く紹介してよ！」

妹達は無礼なくらい久城にまといつきながら大騒ぎし、

「それにしてもこんなに綺麗な男の人、村はもちろん松江《まつえ》でも見たことないわぁ」

町中から嫁いできた兄嫁も、頬を赤らめ露骨にうっとりしている。

祖母がいきなりポンと手を打った。

「雪子《ゆきこ》さん、そうだ、あれがあるじゃないの！　ほら、おじいさんの浴衣《ゆかた》が！」

「あ、そうですね！　でもお義母《かあ》さん、お義父《とう》さんのじゃデザインがちょっと古いんじゃないかしら？」

「ああいうのはね、流行《はやり》すたりはないからいいんだよ」

なんだか話が妙な方向に勝手に進んでいる。女性というのは唐突な思い付きに、ときに集団的に夢中になってしまう生き物だ。

嫌な予感がして、洋介は久城の腕を引いた。

「じゃ、俺達そろそろ行くから」

逃げようとする二人の前に妹達が立ち塞がった。

「ダメダメ！　お着替えだよ、お着替え！」

「ゆ・か・た！　ゆ・か・た！」

「そうだわ！　洋介君も主人の浴衣がもう一枚あるから、二人で着替えたらいいわ！」

「そんなのいいよ、義姉《ねえ》さん……て、あ、ちょっと！」

ポカンと口を半開きにして人形みたいに固まっている久城は呆気《あっけ》なく洋介から引き剝《は》がされ、祖母と母に両脇《わき》を固められ引っ張られていく。

「さぁさぁ、遠慮しないでくださいね」

「本当にねぇ、洋介のお友達が家に来るのは久しぶりだよ」

「お、おい、ちょっと待てって！」

追いかけていこうとする両腕は、妹達と兄嫁にガシッと捕らえられた。

「お兄ちゃんはこっちだよ」

「浴衣ツーショット！　あとで記念写真撮ろ！」

「進一《しんいち》さんより洋介君の方がちょっと体が大きいけど、浴衣だからきっと大丈夫なー」

こうテンションを上げられてしまっては、もう抵抗できない。洋介は潔く諦《あきら》めたが、田舎の人間の悪気ないおせっかいに慣れていない久城が、不機嫌になったり怒り出したりしないかというのがとにかく気懸かりだった。

せっかく楽しみにしていた祭りも久城が気分を害して帰ってしまい、キャンセルにならないとも限らない。そのときは全力で謝ろう、と洋介はそっと嘆息した。

村のはずれの山道の両側には、今日だけ道を照らす提燈《ちょうちん》が連なっている。突き当たりの神社から聞こえてくるのは力強いリズムを刻む和太鼓の音だ。

「ふぅん、なんだか風情があるね」

楽しそうなつぶやきに隣を見ると、久城は珍しくわくわくと楽しそうだ。リラックスしているのか、形のいい口元は穏やかに緩んでいる。

白い首筋と開いた胸元。すらりとした細い体にまとうと淡い藤色も品がよく美しく、しだれ柳のような優雅さがある。

どんなに暑い日でもカフスまで止めた長い袖《そで》と襟の詰まったシャツで『武装』していた久城の浴衣姿は、目に眩《まぶ》しいしどけなさで視線を惹《ひ》き付ける。日頃の彼の禁欲的なイメージとはまた違う魅力に、洋介の胸は高鳴りっ放しだ。

無敵の女性軍に無理矢理着替えさせられても、小娘達にキャーキャー騒がれながら何枚も写真を撮られても、久城が機嫌を損ねなかったのは予想外だった。浴衣を着たのは初めてだという久城は彼自身も新鮮だったらしく、何度も自分の姿を鏡に映したり、妹達の撮った写真を興味津々で覗《のぞ》き込んだりしていた。

一緒に祭りに行こうと久城の両腕に絡みつく小娘達を引き剝がし、逃げるように引っ張ってきた。疲れたから帰る、と言い出すかと思った久城は、意外にも文句一つ言わず洋介について来ている。白い頬は上気しているが怒っているわけではなく、ちょっと騒ぎに当てられて火照《ほて》ったという感じだ。

「何？」

視線を感じたのか、問いかける瞳で見上げられて、鼓動がさらに速くなる。みつめ過ぎてはいけないと思っても、愛しい人の滅多に見られない新鮮な姿を見るなという方が拷問だ。

「あ、いえ。その、すみませんでした。なんか家族が舞い上がっちゃって……久城さん、疲れたでしょう？」

形のいい唇がほころぶ。

「いや、全然。かえって悪かったね。皆さんに気を遣わせて」

「それこそ全然。むしろ少しは気を遣えって感じですよね。ああなるともう誰も止められないというか、俺も勝てないんです」

「素敵な人達だね。君はあんな温かい人達に毎日囲まれてるんだ。……いいな……」

ほとんど聞き取れないくらいの最後の一言は、意図せず漏れてしまったという感じだった。

「あ、足元気をつけてください。下駄、歩きづらいでしょう？」

「ああ、大丈夫……あっ、と……」

言っているそばからつまずいた。細い体がよろめくのを、肩を抱いて支えた。開いた胸元から見える鎖骨がずっと閉じ込めていた不埒《ふらち》な熱を煽《あお》る。

「ありがとう」

照れたようにちょっと首をすくめ、つかのま触れたぬくもりが離れていく。名残《なごり》惜しく思いながら微かに点《とも》った熱を宥《なだ》め、洋介は前方に視線を戻した。

祭りが佳境に入る前の少し早い時間だったが、のんびりと歩く二人を追い越し、村の人達がパラパラと山道を登っていく。ほの暗い提燈の灯《あか》りでは顔がはっきりと見えないことが幸いして、見慣れない久城の存在に誰も気付かない。

和太鼓の音と盆踊りの音楽が次第に近付き、中央に組んだ櫓《やぐら》と周りで踊る人達が見えてくる。その脇にはテントが張られ、下にはすでに大勢の人が集まっているようだった。

洋介からすれば皆昔から知っている近所のおじさん、おばさんだが、久城にとっては知らない人間の集団だ。大丈夫だろうかと隣を窺《うかが》い見ると、思ったほど緊張はしていないようだ。洋介の家族にいじり回されたことで、どうやら免疫がついたらしい。

「久城さん、ちょっと人の少ないところで休みましょう」

神社の境内の脇ならテントから死角になって人もいない。そこからでも祭りの雰囲気は十分味わえるし、人目につかないので二人でゆっくり話もできるから、と足を向けかけたとき、

「おう、洋介！」

ものの見事にみつかってしまった。洋介はやれやれと肩を落とす。

テントの中央に陣取った祖父、父、兄がこっちに来いと手招きしている。隣には村長や自治会長など村のうるさ方に加え、外から来た人間にはことのほか厳しい噂《うわさ》好きの婦人会の面々が、すでに興味津々の面持《おもも》ちで待ち構えていた。

最悪のシチュエーションに、本気でそのまま背を向けたくなった。

「やっぱり帰りましょうか」

「どうして？　まだ来たばかりじゃないか。それにほら、君を呼んでる」

家族の声は、和太鼓の音をかき消してしまうほど大きくなっている。放っておいてほしいのに、何をあんなに必死になって呼んでいるのか。

「嫌じゃないですか？」

「いや、僕は全然。あ、それとも僕が一緒にいない方が、君に迷惑がかからないかな？」

「いえ、俺は全く構いません」

腹は決まった。ここで自分が怯《ひる》み足踏みしていては、久城に誤解され余計な心配をさせてしまうばかりだ。

「行きましょう」

洋介はしっかりと細い腕を取ると、女性看守みたいな婦人方の視線を全身に浴びながら渦中へ向かう。

「洋介！　よく連れてきてくれたな」

「今高台の家まで、誰かにひとっ走り行ってもらおうと思ってたとこなんだよ」

テントに入るなり祖父と父に畳みかけられるように言われ、洋介は目を丸くする。

見れば、明らかに場の様子がおかしい。持ち寄りの料理は美味《おい》しそうに湯気を立てているのに誰もまだ手をつけようとせず、中央のテーブルを囲んで難しい顔をしている。

「ど、どうしたんですか？」

一斉に集まった注目にやや緊張して一歩下がった洋介の脇から、久城がふらりと進み出た。

その視線は、一同が囲んでいるテーブルの上に置かれたものに向けられている。

「これ、絵馬ですね」

興味深げに覗き込む目は画家としてのものだ。

幅五十センチ、高さ三十センチほどの大きさのその木板は、毎年正月神社に奉納する絵馬に違いなかった。だが、その表面には、まだ何も描かれていない。

「兄さん、あんた絵描く人なんだって？　辰《たつ》は描けるかい？」

村一番の豪傑である自治会長のいきなりの不躾な問いに、久城も洋介も啞然《あぜん》と顔を上げる。

何が何だかさっぱりわからない。

「辰……竜のことでしょうか？」

久城が戸惑いながらも確認する。

「そう、干支《えと》の辰だよ。来年は辰年だろう？」

「ちょ、ちょっと待って。一体どういうことですか？」

妙な期待を込めて久城に注がれる場全体の視線から守るように、洋介は想い人を背にかばい問い返した。

「毎年正月奉納用の絵馬を描いてくれていた菜栗《なくり》村の太田《おおた》先生が、今朝方急に倒れて入院しちまったんだよ。絵馬は神聖な祭りの口に描くのが昔からの慣わしだろう？　どうするかって困ってたんだ」

村の顔役である祖父が、心底困り果てたといった口調で説明する。

「そこそこ絵が描ける方もいるけれど、何しろ辰だからねぇ。あまりひどいものも奉納できないし。蛇《へび》くらいなら、私でもがんばればなんとかなるかと思ったんだけれど」

「みんなで頭を抱えてたら、高台に越してきたのがどうやら絵描きさんらしいって話が、ご婦人方から出たからさ」

村長と父の説明でやっと事情を飲み込んだ洋介は、タイミングの悪さに思わず神を恨んだ。

まさかこんな厄介なことに巻き込まれるとは想像もしていなかった。

プロのアーティストである久城が、こんな田舎村の神社の絵馬をボランティアで描くなどあり得ない。だが断れば、村人の彼に対する印象がさらに悪化するのは目に見えている。

「それは無理ですよ」

ここはもう、自分が悪者になるしかないだろうと、洋介は覚悟を決めた。

「久城さんはプロの画家です。ちゃんとした仕事として、プライドを持って絵を描いてるんです。そんなに簡単に絵筆は握りませんよ。無茶言わないでください」

「え？　別にそんなことはないよ」

やや怒った口調であっさり否定してくれたのは、意外にも注目の的になっている当人だった。

「ちょっとそれ、触らせてもらっていいですか？」

久城は洋介を押しのけるように前に出ると、綺麗な指で絵馬の表面を隈《くま》なく撫でる。材質を確かめているらしい。

「絵馬に描くのは初めてだけど、面白そうだな……。絵の具はあるんですよね？」

おお、と歓迎の声が上がり、すぐに道具が用意される。

「く、久城さん、気を遣わないでください。あなたがそんなことをする義理は全くないんですから」

あわてて止めようとした洋介は、うるさそうに相手に睨まれ言葉を飲んでしまう。どうやら久城は、本気で描きたいと思っているらしい。

「絵に関しては、僕は誰にも気を遣ったりしないさ。それとも何？　よそものの僕が、村の大切な絵馬を描いちゃいけないとでも？」

自分で言って、その可能性に気付いたようだ。久城は一同をグルリと見渡し、「あ、もしかして、僕ではまずいでしょうか？」と問いかける。

いつものとっつきにくい冷たげな印象と全く違う、あどけないほどに無防備な素の顔を向けられ、彼の陰口を率先して吹聴していた婦人会長までもが一瞬呆気に取られ固まる。目の前にいるのが不審なよそものではなく、自分の息子と変わらない年の、ただの無害な青年だと初めて認識したという顔だ。

「こっちが頼んでるんだから、そんなわけないだろう」

自治会長の豪快な笑いに、場の空気が一気に和んだ。

「でも、そうだねぇ、洋介君の言うこともっともだ。謝礼はさせていただかないと……」

「あの、それでしたら僕……」

村長の言葉を遮る勢いで何か言いかけ、久城は唐突に口を噤《つぐ》んだ。続く言葉を待っている数多《あまた》の視線を受け、自分が大勢の人間に注目されている状況に初めて気付いたらしい。緊張顔で目を泳がせながら、神妙に首を縮める。

「何だい？　何でも言ってみてください」

村長に促され、久城はらしくなくそろそろと顔を上げた。

「さっきから、すごくいい匂いが……描き終わったら、僕にも何か食べさせていただけませんか？　その、もしよかったら、ですけど……」

得体の知れないすかした都会人に何を要求されるのかと身構えていた一同は、ポカンとしてから一斉に笑い出した。

なぜ笑われたのか全くわからないといった表情で、久城は困惑した目を洋介に向け肩をすくめてみせる。僕何か変なこと言ったかな、という顔に洋介もつい笑ってしまうと、相手は拗《す》ねたように眉を寄せた。

「いいよ、好きなだけどんどんお食べよ！　ただし、描き終わったらね」

体の横幅が久城の三倍くらいあるふくよかな婦人会長が、グローブのような手でバンと薄い背を叩《たた》いた。その顔は相変わらず仏頂面《ぶっちょうづら》だが、よそものに対する垣根はもうすっかり取り払われたようだ。

それを手始めに、待っていたかのように一同が話しかけてきた。

「高台の家に一人で暮らしてるのかい？　あんなボロ家で不自由はないか？」

「なんでまたこんな山奥に越してきたの？」

「見ろよ、これは俺の浴衣だ。俺の若い頃にそっくりだな。そこにつっ立ってる、実の孫よりも似てるわ」

「あんた買い物はわざわざ町まで行ってるんだろ？　たまには村の商店街においで。新鮮で安い野菜がいっぱいあるから」

筆を取り絵馬に向かう久城に質問やら雑談やら誘いやらが遠慮なく浴びせかけられ、見守る洋介ははらはらしてしまう。絵を描いているときの彼が、どんなに集中しているか知っているからだ。

ところが驚いたことに久城はうるさがりもせず、たまに顔を上げ一人一人にきちんと答えながら、器用に左手だけをさらさらと動かしていく。緊張が残っているのか笑顔は多少ぎこちないが受け答えは礼儀正しく、ときに天然な発言で場を和ませている。

おしゃべりをしている間に、まるで魔法でも使っているかのように、絵馬上には壮麗な竜が仕上がりつつあった。

「出来ました」

飛び入り絵師が筆を置いた。

わずか十五分。鮮やか過ぎる手並みで描き上げられた和洋折衷のエキゾチックな竜は彼独特の精密な筆致で、今にも動き出し空に昇っていきそうな迫力があった。レベルが違い過ぎる見事な出来栄えの絵馬に、一同からは歓声が上がる。

「こりゃすごいな！」

「絵馬奉納始まって以来の出来じゃないか？」

「いやぁ、太田先生にわざわざ頼まなくても、もう大丈夫だ。いい先生が来てくれたよ」

「先生、お疲れ様！　まぁ一杯やって。あと料理も」

すっかり『先生』にされてしまった久城を囲んで、場は一転宴《うたげ》の盛り上がりを見せ始める。

「久城さん、大丈夫ですか？」

絵と会話の両方に相当集中していたのだろう。隣に割り込んで肩に手をかけると、呆《ほう》けたような瞳が洋介を見てホッと安堵の色を浮かべた。

「うん……」

久城はまだどこかぼうっとしながら頷《うなず》き、心ここにあらずといった顔で首を傾げる。

「僕、少しは役に立ったのかな……」

自信なさげな問いに、洋介は笑い返す。

「少しどころかものすごく。みんな喜んでますよ。ありがとうございます」

「ほら、洋介君もこっちにお座りよ！　あんた達若いんだからね、たくさん食べなきゃ駄目だよ」

鬼瓦《おにがわら》みたいな怖い顔の婦人会長に肩を押さえ付けられて並んで座らせられ、次から次へと並べられる料理を勧められる。おそらくは口にしたことがないだろう郷土の田舎料理に、久城は綺麗な目を瞬《またた》いた。素で嬉しそうなところをみると、本当に空腹だったらしい。

「先生、まずは一献」

「あ、それは……っ」

父が久城の紙コップに注《つ》いだ一升瓶の日本酒が相当に度数の高い村の地酒と認め、洋介はあわてて止めに入るが一瞬遅かった。久城は礼を言うと、衆目の中一息にコップを傾ける。咳《せ》き込むか倒れたら抱き止めようと固唾を呑んで身構えていた洋介の心配は杞憂《きゆう》に終わり、久城は高級なワインでも空けたようにホッと感嘆の息を漏らしただけだ。

「これすごく美味しいです。あっさりした甘さで飲みやすい。結構強いけど、しつこくないからどんどんいけそうです」

おお〜、とテント中の男衆から歓迎の声が上がった。

「この酒の美味《うま》さがわかれば、村の男として一人前だ。ほら、もう一杯。洋介、おまえも飲め」

差し出されるコップにさらに酒が注がれる。洋介も弱い方ではないが、その地酒は一杯で相当効く。本当に大丈夫だろうかとそわそわと見守るが、久城は軽く二杯目を飲み干し顔色一つ変えていない。

「先生、ここで飲み食いしたらよそものじゃなくて、もう村のもんだからな。明日からはたまに坂の下まで来て、顔見せなよ」

笑いながら背を叩く自治会長の一言に、久城は驚きの表情で洋介を振り向いた。

外部の人間である自分が、このなごやかな輪の中に入れてもらっていてもいいのだろうか？そう問いかけてくる不安げな顔に微笑《ほほえ》みかけ頷いてやると、一瞬切なげに細められた瞳が込み上げる感情を隠すようにそっと伏せられた。

村の人に受け入れられたことを久城がどう感じているのか、その複雑な表情から推し量ることは洋介にはできなかった。だが、世間知らずなところのある天然っぷりを一同にさんざんからかわれながら、勧められる料理を片っ端から食べ注がれる酒を素直に飲む姿は、無理をしているようには見えない。

ついでのように話しかけられては適当に答えながら、洋介はただ久城の横顔を見ていた。

自分の殻に閉じこもりたった一人で遠くをみつめていた人が、今大勢の村の人に囲まれ隣で笑ってくれている。

あり得ない光景を目の当たりにして、本当はどこかでこうなることを自分は願っていたのだと、洋介は自覚する。

不可能なことは不可能だ、と久城は言ったが、きっと違う。不可能だと思い込むから何も変わらないのだ。

――もうよその人間じゃなくて、村の人間。

本当にそうなってくれたら……。このまま村に馴染《なじ》んで、ずっと定住してくれたら……。

「洋介、おまえまだ叩けるだろう？」

久城の向こう側に座っている父にいきなり話しかけられ、物思いに沈んでいた洋介はハッと我に返った。

「え、何？」

「太鼓だよ、太鼓。先生が太鼓を近くで見たいんだと」

「君、太鼓叩けるの？」

意外そうな顔の久城に問われ、洋介は苦笑する。

「ええ、まぁ」

村の男の例に漏れず、洋介も幼い頃から和太鼓を練習させられてきた。気が向くと櫓に上がることもあったが、ここ数年はすっかりご無沙汰《ぶさた》している。

「連れて行って見せてやったらどうだ？　おまえもたまには叩いてみろ。気持ちいいぞ」

父の勧めに賛同を示す場の雰囲気を受け久城を見ると、期待に満ちた眼差《まなざ》しが控えめに向けられた。太鼓を見たいというのは本心のようだ。

「うん。じゃ、行きましょうか」

洋介が立ち上がると、久城も頷き腰を上げる。

熱気のこもったテントから出ると、涼やかな秋風が火照った頬を心地よく冷やしてくれた。人いきれから逃れ、久城もホッとしたのだろう。雲間に霞《かす》む星を見上げながら深く息を吐く。

「久城さん、疲れてないですか？」

わずかに上気した横顔を見ながら気遣うと、久城は惑うような視線をチラリと洋介に上げ、すぐに逸らした。

「疲れてはいない。でも……今夜の僕、少し変だよね？」

同意を求められたが、よく意味がわからなかった。

「変って、何がです？」

「村の人と、あんなにしゃべれるなんて……自分でもびっくりした」

久城は当惑したようにつぶやく。表面は明るく見せてはいたが、人馴れしない久城にとって見知らぬ人間との交流はやはり負担だったのではと、洋介は急に心配になってくる。

「もしかして、相当無理してたんじゃ……」

「違う。そうじゃないんだ」

言い切られ、洋介は微かに目を見開く。久城はなんと表現していいのかわからないといった困り顔でゆるゆると首を振る。

「すごく不思議なんだ。自分があういう場に自然に馴染めたことが。なんだか夢の中にいるみたいで、現実味がなくて……」

不安げに言葉を紡ぐ久城は不快そうではない。ただ心底戸惑っているように見える。

「不安だったけど、隣に君がいてくれたから安心できた。君には感謝しないといけないよね。今日はいろいろ、貴重な休験をさせてもらったよ」

久城は足を止め、照れたように俯《うつむ》いたまま「ありがとう」と小さな声で言った。その一言で、洋介の胸はほんのりと温まる。

「礼を言うのは俺の方ですよ。久城さんが家族や村の人と楽しそうに話しているのを見て、俺もすごく嬉しかったですから。誘ってよかった」

洋介の素直な本心に久城は視線を移ろわせ、「でも、僕は……」と消え入りそうな声でつぶやいた。

言葉にはされなかった彼の中の迷いを、今は知りたくないと洋介は思った。信じられないくらいに楽しいこのひとときが、それこそ夢になって消えてしまいそうな気がしたからだ。

伏せ目がちに俯いている久城の、クールな鎧《よろい》をつけているときには決して見せない頼りなげな表情が心を揺さぶる。悪い噂を立てられ弾かれていたときは全く気にする様子もなく超然としていたのに、受け入れられた今、こんなに不安げにしているのはなぜなのだろう。まるで、無視されていた方が気楽だったのに、とでも言いたげだ。

自ら進んで独りになりたがっているような彼がどこか痛々しく見えて、唐突に湧き上がってくる愛しさに伸ばしかけた手を、洋介はかろうじて止める。

「久城さん……」

思わず呼んでしまった声には、どうしようもなく溢《あふ》れる想いが滲《にじ》んでしまう。

落ち着け、と自分に言い聞かせ、高まりかける恋情を無理矢理抑え付けながら、洋介は久城に笑いかけると軽く背を叩き促した。

「さぁ、貴重な初体験はまだ続きます。櫓の上はすごく気持ちがいいですよ。行きましょう」

いつもの洋介に戻った明るい笑顔に、久城はホッとしたように息をつきあとに続く。

休憩時間に入ったのか盆踊りの輪は崩れ、櫓の上にも人はいなかった。側面にかけられた梯子《はしご》に手をかけ、久城を先に登らせた。

「ゆっくりでいいですよ。気を付けてください」

慣れない下駄でふらつきながら梯子を登る久城を、背後から抱き込むようにしながら洋介も続く。相手のしなやかな背が胸に当たり、ほのかな甘い香りが届くたびに酔わされてしまいそうになる。

想い人の体に触れて、自然に上がってしまった熱を冷まそうと深呼吸し櫓に上がると、村のアイドル的存在である美形配達員と飛び入り参加の麗人の登場に下からワッと歓声が上がる。「いいぞ～！」「いよっ、色男！」などと声をかけられ、注目されることが苦手らしく困ったようにそわそわし出す久城の肩を、洋介は安心させるようにポンと叩いた。

「大丈夫ですよ。久城さん、ほら、上を見て」

促すと、久城は空を仰いで瞳を大きく見開いた。高い櫓は下界よりもずっと空が近い。残念ながら今夜は雲が多く満天の星とはいかなかったが、都会では見られないだろう綺麗な夜空が広がっていた。

「すごいな……」

つぶやく久城の口元が少しだけほころび、洋介も嬉しくなって同じ空を見上げる。下の喧《けん》騒《そう》を気にしなければ、なんだか二人だけで景色のいい高台に来ているような甘い気分になってくる。

視線を戻した久城が櫓の中央に据えられた和太鼓に気付き、好奇に満ちた目を輝かせ歩み寄った。

「へえ、近くで見るのは初めてだ。こんな大きいの、君本当に叩けるの？」

洋介を見上げてくる瞳は、猫や絵馬を見ていたときと同じでキラキラしている。一見クールに見える彼が、実はとても好奇心旺盛なことが最近わかってきた。

「ブランクはありますけどいけると思いますよ。カッコイイとこ見せますからね」

ふざけて片目をつぶってみせると、相手はちょっと呆《あき》れたように肩をすくめ苦笑する。

「言うじゃないか。お手並み拝見」

タイムリーに休憩時間が終わり、盆踊りの音楽が再び会場に流れ始めた。

久城は洋介から退き、下で借りてきたのか、帯に挟んでいたノートとマジックを手に取った。太鼓をスケッチするのだろう。

洋介も数年ぶりにばちを握る。うまく叩けるだろうかという不安はなかった。全身をリズムに乗せ感情をばちに流し込めば、自然にいい音が出せるはずだ。

両足を踏み締め一打を叩き込むと、力強い振動が全身を満たした。太鼓を叩くときはいつも、日頃抑えている秘めた感情が弾けるように迸《ほとばし》るのを感じる。がんじがらめになったしがらみから、ひとときだけ自由になれるような気がしてくるのだ。

——届け……届け！

溢れ出しそうな気持ちを、リズムに乗せて伝えたい。

洋介はありったけの想いを込めて、ばちを振り下ろす。

夢中になって打っていると、背中に強い視線を感じた。振り返ると、櫓の囲いに背をもたせノートに左手を走らせている久城と目が合った。一瞬絡み合った視線は、久城の方からすぐに逸らされる。その瞳にわずかに浮かんだ揺らぎはあの夕立の日に見せたものと同じで、洋介の心を鷲《わし》摑《づか》みにする。

相当飲まされたせいだろう。上気した頬が桃色に染まっているのもやけに艶《なま》めかしい。ふいに、相手を抱き締めたときの感触や香りが蘇《よみがえ》り、体の奥が微かに疼いた。

高まる熱を太鼓に叩き付けて発散させながらも、久城の存在を意識し振り返らずにはいられない。たまに手元から上げられる目が自分と同じ微熱を宿しているように見えてしまうのは、きっと都合のいい錯覚だ。

いや、錯覚でもいい。今このひとときだけは隣に久城の存在を感じながら、このまま想いを通わせていたい。

――そうしてずっと、俺だけを見ていてほしい。

体の奥から湧き上がる熱情に飲み込まれそうになったとき、頬に冷たいものが当たって霞んでいた理性が戻る。櫓の下の踊りの輪が急に乱れ、パラパラと皆がテントの方に走っていくのが目に入った。

あの日と同じ急な雨が、熱くなりかけた心と体を諫《いさ》めるように冷やしていく。

振り向くと、久城はまだ一心に絵を描いていた。ばちを放り出し、洋介はその腕を引いた。

「久城さん、避難しましょう」

「え……あ、雨……？」

不思議そうに空を見上げた顔は、降り出したことに初めて気付いたといった様子だ。

「結構降ってきましたから。早く」

頼りない体を背中からしっかり抱えるようにして梯子を降り、テントとは逆の方へ駆け出した。久城はおとなしくついてくる。

慣れない下駄につまずき何度も転びそうになる体を、洋介はほとんど抱え込むようにして神社の拝殿裏の物置きに飛び込んだ。

扉を閉めると雨の音が隔てられ、急に静かになった。

空気抜きの小さな天窓から入ってくる宴の明かりで、腕の中の美しい顔がぼんやりと見える。走ってきたため、肩で息をしている。

「大丈夫ですか？」

少し乱れた浴衣の襟を整えてやると、久城はハッとしたように洋介から退き壁際に体を寄せた。触れられたくないという意思が露骨に見え、洋介の心はわずかに痛む。

「いつも……急に降ってくるね」

他意なく自然に零《こぼ》れてしまったのだろう。沈黙を嫌がるように告げられた一言だったが、『なかったこと』にした夕立の日を思い起こさせるのには十分だった。

「……久城さんも、思い出すことありますか……？」

何を言い出すんだという理性の声も聞かず、言葉は出てしまっていた。

錯覚でも思い上がりでもなく、久城の方もあの日のことを少しは意識してくれていると、そう思いたかった。

「俺は、本当はずっと、忘れられないでいる。あの日……」

「光本君、やめてくれ」

遮る声は怒りを帯びている。だが拒否されるほど、洋介も止まらなくなる。

「あの日、あなたに触れたことを今でも思い出して、俺は……」

「そういう話なら聞かない。……もうテントに戻ろう」

断ち切るように冷たく言い放ち、戻ってしまった氷の無表情で久城は戸口に向かおうとした。暗がりに置いてあった道具箱につまずき細い体が揺らぐのを、洋介はすんでのところで支える。だがその手にしっかりと抱えられていたノートは、弾みで下に落ちてしまう。

「あ……っ」

開かれた状態で足元に落ちたそれを、久城より一瞬早く洋介が拾い上げる。

「っ……」

淡い明かりの中浮かび上がったそのページに描かれていたのは、和太鼓ではなかった。

それは、ばちを握った洋介の手だ。

一瞬で目に焼き付いたその画像を打ち消す勢いで、ノートはすぐにひったくられた。

「久城さん、それ……」

見返した久城の顔を見て、洋介は言葉を飲む。

頑《かたく》なにつけていた仮面を、目の前の久城は今はずしてしまっていた。動揺に満ちた瞳はまるで秘密を知られてしまったようにうろたえ、泳いでいる。言い訳の言葉も考え付かないのだろう。紅《あか》い唇は半開きになったまま震えていた。

『モデルである君の絵を描くのは当然だろう』と、さらりと流されれば不自然には思わず、洋介も納得したはずだった。だが目の前の久城は、それだけではないと表情で語ってしまっている。

決して嫌われてはいないのだと、その目を見て知らされた。愛されてはいなくても、明らかに意識はされている。

その確信が、ギリギリで思い留まっていた洋介の背中を押した。

「久城さん……っ」

洋介は人形のように抵抗しない久城を抱き寄せ、たまらず唇を重ねた。ずっと隠し抑え付けてきた熱情は、今堰《せき》を切ったように迸り出てしまっていた。

久城の手から再びノートが離れ、床に落ちる音が壁に反響する。

「光本君……いけない……っ」

唇が逸らされ、両手が軽く胸を押し返してきた。

「駄目だ……こんなふうに君に触れられたら、僕は……っ」

久城は必死で言葉を紡ぎ、激しく首を振る。

「ずっと我慢してたんです。久城さんに触れたい」

瞳の奥まで見据えるようにしてはっきりと告げ、離された唇を強引に塞いだ。

腕の中の人がまだ他の男を想っていることも、自分の中の罪悪感も自己嫌悪も、何もかもが吹き飛んだ。

ただ、どうしても欲しい。

そのごまかしようのない本心だけが、洋介の中で叫びを上げていた。

抵抗をやめた両手がためらいがちに背に回されるのを感じ、全身が浮くような歓喜に包まれる。あの日と同じ冷たい唇が、今は洋介を受け入れるべくわずかに開かれる。

そっと舌を差し入れて、驚くほど熱い口腔《こうこう》を探った。惑いながらも応《こた》えて絡まる舌を吸い上げると、しっかり捕まえた体が共振するように揺らめいた。

右手を腰に回し引き寄せるように押し付けると、互いに兆《きざ》し始めた昂《たか》ぶりが当たった。

久城も確かに、感じてくれている。

それを意識するだけで、洋介の熱はさらに上がった。背中から下ろした手で細腰の形をなぞるように撫で上げると、離れた唇から官能をそそる甘い声が漏れ、洋介の欲望を刺激した。

唇を離し、愛しくてたまらない瞳を捕らえる。眼差しで欲しいと訴えながら、浴衣の合わせ目をくぐった指で、しなやかな脚に触れる。

「あ……」

微かに漏れる声。戸惑う瞳に不埒な熱が点り、激情を加速させる。

「久城さん……」

甘い花のようなその香りに包まれたくて首筋に唇を寄せ強く吸い上げると、嫌がるように背中を拳で叩かれた。

形だけだ。指先で掠《かす》める中心は硬く下着を押し上げている。欲しいのは自分だけではない。彼もだ。

邪魔な下着を押し下げ形をなぞり上げ握り込もうとする洋介の手を、冷たい指が捕らえた。

「や、駄目だ……」

掠れる声は甘く濡れ、拒絶には聞こえない。だがさらに進めようとした洋介の手を、細い指は必死で払おうとする。

——拒むのはあの男のせいなのか。

湧き上がる嫉妬とともに、一段と激しい欲情が突き上げてきた。

「どうしてですか？　あの人以外には触れられたくないから？」

切羽詰まった声は、相手を責めるような響きを伴っていた。

「ち、ちが……」

開かれる唇をキスで塞ぎながら、形だけの抵抗を見せる指を払いのけ花芯《かしん》に直《じか》に触れる。

手のひら全体でなぞるように擦《こす》り上げると、「あぁっ」と切ない声を漏らし、細い体が震えた。

「好きです。拒まないでほしい。あなたのことが、好きなんです」

うわ言のように耳元で囁きながら邪魔な浴衣の裾《すそ》をはだけさせ、屹立《きつりつ》を思う様愛撫《あいぶ》する。

「あ、だめ、だ……光本く……あぁっ」

高潔で凛《りん》とした人が、自分の愛撫で身悶《みもだ》えるたびに艶やかな色香を放つのがたまらない。

「このまま、この村に……俺と一緒にいてください。あの人のことは、もう忘れてほしい」

ずっと言えなかったけれど本当は言いたくて爆発しそうだった言葉を、切ない想いとともに洋介はぶつける。

だが、久城は頷いてはくれない。官能に潤んだ瞳を上げ、首を横に振るだけだ。

「どうしてですか？　俺じゃあの人の代わりになれないですか？」

切なさが湧き上がり、吐き出す言葉を涙色に染める。愛しい人を絶頂へと追い上げながら、洋介は訴える。

「俺にもチャンスをください！　そのためならどんなことでもする。なんでもするから……！」

大きく立ちはだかる小野寺勝利の影が、洋介の心に闇《やみ》を作る。久城の心を今でも小野寺が摑んでいる以上、洋介が何をどうがんばろうとしょせんは無理なのか。だがそれでも諦めることができないのなら、愛される望みがない人間は一体どうすればいいのだろう。

汚れない笑顔を守れればそれでいいと思っていた。それだけで満足していたはずだった。

だが、違った。

本当は欲しい。愛してほしい。心ごと、体ごと、久城悠月のすべてが欲しい。

ぎりぎりまで抑え込んでいた本心を吐露する洋介に、久城は首を振りながら切ない声を上げる。

「僕は、君に相応《ふさわ》しくない……！　目を覚まして……っ」

「そんなの、あなたが決めることじゃないです！」

口とは裏腹にしとどに雫《しずく》を零す先端を強めに扱《しご》いてやると、久城は喉《のど》の奥で小さく声を上げて呆気なく達した。右手が彼の放った熱いもので濡《ぬ》れ、洋介の内にさらなる愛しさが込み上げる。

快感に震えながら倒れ込んでくる細い体を、洋介はしっかりと両手で抱き止めた。

「久城さんはもう、村の人達に受け入れられた。俺と一緒にここで生きていくことに、何の障害もないじゃないですか。頼むから……」

俺を選んで、と、ほのかに染まった耳に囁《ささや》く。

「駄目だ……僕には、君の人生を、壊せない」

言葉では拒み続けてもその両手は洋介の背に回され、体の熱が引かないことを表していた。

拒否される切なさは、容易に獰猛《どうもう》な独占欲へと変わる。

「嘘《うそ》だ……俺のためなんて言い訳して、本当は、あなたはまだ彼が忘れられないんでしょう？」

見せまいとしていた嫉妬心が、拒まれたことで封印を破って表面に出てくる。やめろ、という理性の声にも耳を貸さず、洋介は吐き出すごとに自分自身をも傷付ける言葉を、つれない相手にぶつけずにはいられない。

「本当は、小野寺さんが迎えにくるのを待ってるんじゃないんですか？　そうなんでしょう？」

肩に伏せられていた久城の顔が、ハッと上げられた。快感を滲ませながらも、明らかに衝撃を受け色を失《な》くしている表情に、洋介の胸は抉《えぐ》られるように痛んだが、残酷な言葉は自虐的なまでに止まらなかった。

「久城さんはわかってないんです！　小野寺さんはただ、あなたと前の関係に戻りたがってるだけだ。いくら待ってもあの人は変わらないし、あなたを理解しようともしない！　あなたのことを大事に想ってその気持ちを尊重するなら、どうして……っ」

――大切な絵葉書で、別れを突き付けてきたりするものか。

そう続けようとした言葉を、洋介はかろうじて飲み込んだ。全身から熱が一気に引いていく。

一体、何を言おうとしたのだろう。

十日に一度の心の支えはもうとっくに絶たれたのだと暴露して、久城の唯一の希望を打ち砕こうというのか。

誰よりも彼を守りたいと思っているはずの自分が……。

「っ……」

まっすぐみつめてくる澄んだ瞳に醜い感情を見透かされたような気がして、洋介は思わずその両目を片手で覆った。背に回された久城の手を振りほどき、体を半転させると軽く上体を倒させる。

「ぁ……」

小さく声を上げた久城は壁に両手をつき腰を上げるような格好になったが、抵抗はしない。

浴衣の裾を乱暴にめくり上げると、ほのかに差し込む明かりにまろやかな線を描く白い尻《しり》が浮かび上がり、洋介の雄を急速に昂ぶらせた。

「や、あ、光本く……っ」

しっかりと閉じている慎ましやかな蕾《つぼみ》を押し広げ、先走りで濡れた先端を押し付け欲していることをアピールすると、久城の背は微かに震え脚は控えめに開かれた。

彼も、欲しがってくれている。

それを知ってしまえば、もう自制は効かなかった。

久城の吐き出したもので濡れた指を入口に滑らせ、頑なな蕾を丁寧に解《ほぐ》しながら埋め込んでいくと、明らかに快感の混じった声が漏れ、洋介の官能を煽った。

「挿《い》れますよ」

背中から抱き締めるようにして囁いた声は、洋介自身も驚くほど熱を帯びていた。

「いや、だ……こんなのは……」

続く言葉をキスで奪う。今だけは、否定的な言葉を言わないでほしかった。

淡い光に神秘的なまでに浮かび上がる、滑らかな白い肌。この尊く美しい体を、小野寺はどれだけ自由にしてきたのだろうと思ったら、冷えていた頭にカッと血が上った。

屹立を押し付けた蕾はまだ固かったが、溢れ出す切なさに追い立てられ洋介は腰を進める。

「あっ、あぁっ……！」

つらそうな声に胸が引き絞られるようだったが、言葉でいくら訴えても届かない大切なものを、今すぐ体で伝えたかった。

「久城さん、好き……好きです……っ」

伸ばした指を着崩れた襟元から差し入れ、しこった乳首を愛撫しながら、ゆっくりと挿入していく。

「やっ、あぁっ、だ、だめ……っ」

固く拒んでいた秘口は洋介の指が快感を送るたびに、分け入る欲望を締め付ける。

「どこへも、行かないで……俺の、そばにいてください。ずっと、そばに……」

外見からは想像もつかない熱い体に、引き入れられるように呼び込まれ、全身を包む快感に洋介は吐息を漏らす。

「あっ、あぁ、んっ……光本く、……っ」

震えながら差し伸べられる左手をしっかり握り、背中から抱きすくめ腰を打ち付ける。

体だけで繋《つな》がることは虚《むな》しいと知っていても、同じ快感を共有すれば愛しさは募る。だが、体が近付く分だけ離れている心が悲しくて、それ以上の切なさもまた募ってしまう。

前に回した手を再び勃《た》ち上がっている花芯にかけてゆるやかに射精を促してやると、久城はしなやかな背をしならせて極めた。

「っ……」

誘い込まれた欲情が弾ける寸前に、洋介は自分のものを引き抜いた。今の自分の醜い独善的な欲望の証《あかし》を、聖《きよ》らかな相手の中に注ぐことが許せなかったのだ。

「あ……っ」

久城の唇から切ない声が上がり、心の奥が締め付けられる。洋介の欲望は空に放たれ、虚しく地面に落ちた。

「久城さん……」

想いを隠さない声で名を呼び、体を起こしてやり正面から抱き締めた。脱力した体は洋介に寄りかかり、肩口に顔を伏せたままじっと動かない。

久城の目を見るのが怖くて、小さな頭を肩に押し付けたまま、洋介はそっと彼を抱いていた。少しでも動いたら、かろうじて守っている大切な何かが壊れてしまいそうな気がした。

屋根を叩く雨の音は、次第に静かになっていた。それにつれて腕の中の体も、自分の熱も、悲しいくらいどんどん冷えていく。

伏せられた顔から微かな声が漏れていた。洋介は耳を近付ける。

「ごめん……光本君……僕を、許してほしい……」

久城は謝っていた。消え入りそうな声で何度もつぶやかれる謝罪の言葉は、そのたびに洋介の心を苛《さいな》み刃を突き刺した。

「謝らないでください」

謝らなければならないのは自分の方だ。久城は何も悪くない。

こんなに近くにいるのに二人とも幸せにはなれず、互いに全く違う方を向き届かないものを追い求めている。くるおしいくらい、本当にままならない。人というのはとても、とても寂しい生き物だな、と思う。

それでも、寂しいもの同士が隣にいれば、一人でいるより少しは温かい。だからこうして、抱き合ったまままそばにいる。

小刻みに震えている久城の細い二の腕を、洋介は何度も何度もさすってやる。洋介の想いに応えられないことを、どうか気にしないでほしいと伝えたかった。

勝手に好きになっただけだから、報われなくてもそれでいい。寂し過ぎてぬくもりが欲しいときだけ、求めてくれても構わない。ただどうか一日でも長く、隣で笑っていてほしい。

切なさを押し殺し言葉にできない願いを込めて、洋介は久城の白い頬にそっと口付けた。

泣いてはいないはずなのに、その滑らかな頬はなぜか涙の味がした。

悲しい人を抱いたまま、息苦しくなって小窓の外を見る。二人の気持ちをいたずらに高めた急な雨は、いつの間にか止《や》んでいた。

＊

我慢できずに抱き締め熱情をぶつけてしまったあと、祭りに戻る気にもなれずそのまま二人は帰途についたが、山道を降りる間もほとんど互いに口を開かなかった。なんとか気まずさを払拭《ふっしょく》しようと話しかける洋介に、久城は俯き加減で虚ろに頷いていただけだった。

このまま変にこじれてしまい避けられるようになってしまったらと思うと、いてもたってもいられなかった。抑えていた想いを激情に任せて吐露してしまったことは、つかのまの夢心地の快楽と引き換えに、洋介の心をさらなる自責と後悔で苛んだ。

翌日の月曜日は祝日で、午前中祭り会場の片付けを手伝ったあと、昼過ぎには高台の家まで全力で自転車を走らせた。縁側の窓が閉まっているところを見ると、久城はどうやら外出しているようだった。

玄関を叩く。声をかけてみるが返事はない。とにかく顔だけでも見て安心したいと、洋介は縁側に座り込み主の帰りを待った。

だが日が落ちてあたりが暗くなっても、久城が戻ってくる気配はなかった。

彼は東京を本拠地として活動する画家だ。仕事で上京し帰りが遅くなったり、ことによったら泊まってくることだってあるだろう。

そう自分に言い聞かせ不安を鎮めたが、久城の不在は翌日も、その翌日も続いた。配達中に足を延ばし覗いてみても相変わらず窓は閉め切ったままで、帰宅した様子はなかった
洋介の不安は頂点に達していた。室内にいる様子のない、スポットのことも気になった。

木曜日、思い切って縁側に上がり窓から中を覗いてみた。がらんとして静かな室内には、久城もスポットもいる気配がない。

「っ……」

ちゃぶ台の上に見覚えのある藤色が見えて、洋介は反射的に窓に手をかけた。鍵はかかっておらずすんなりと開く。

閉め切っていた部屋はしっとりと湿った香りがし、季節はずれの風鈴が久しぶりの風を受けてチリンと鳴った。

ちゃぶ台の上に置かれていたのはきちんと畳まれた浴衣、そして脇の紙袋には綺麗に清められた下駄が入っていた。メッセージのようなものはついていない。

鼓動を落ち着かせながら室内を見回す。ちゃぶ台も、簞笥《たんす》も、飾り屏風《びょうぶ》もそのままだ。ただ、壁に貼られた絵葉書だけが全部なくなっていた。洋介の描いた滝の絵もない。

逸《はや》る気持ちを抑え、家中を回る。

初めて入る寝室は居間と違って洋風で、きちんと整えられたベッドがあるだけの狭い空間

だった。冷静さを失ったまま勝手に開けたクローゼットはガランとして物がなく、久城が衣類の類《たぐい》をすべて持ち出したことは明らかだった。

キッチンにある猫の餌皿とトイレは綺麗に洗われ、寝床代わりのキャリーケースとスポットだけがいなくなっていた。

全身の力が抜けて、洋介は茫然《ぼうぜん》とその場に膝《ひざ》を付いた。

身の回りのものが消えただけで家具などはそのままだったが、洋介にはわかった。

久城は行ってしまったのだ。

まだ絵も描き上がらないのに、別れの一言も残さず、いなくなってしまった。

おそらく祭りの夜、洋介が彼を強引に求めたから。心地いい距離を保っていたのに、無理矢理近付こうと境界線を越えてしまったから。

空っぽの部屋には、もう久城の香りすら残っていない。主の気配が一切消えた部屋にいるとまるでこれまでここにいた彼はすべて幻で、洋介が一人で長い夢をみていたような、そんな気すらしてくる。

畳まれた浴衣を手に取り、久城があの夜着ていたそれを胸に抱き締めた。もう触れられない人の、細い背中や腕の感触が蘇ってくる。同時に失ったものの大きさを改めて思い知らされ、絶望が洋介を打ちのめし後悔に突き落とした。

どこからかフラリとやってきて、またフラリと消えていく。久城らしいとどこかで納得しながら、突き上げる悲しみに抗《あらが》うことはできなかった。

流れ落ちる涙を拭《ぬぐ》うこともせず、洋介はただむせび泣いた。風鈴の優しい音色が、どこか憐《あわ》れむように傷だらけの心に響いた。


以来、洋介は毎日高台の家を訪れた。

放心状態で日を送りながら、それでも一縷《いちる》の望みを捨てられない自分が哀れだった。土曜日には絵を描きにまた戻ってきてくれるのではと信じて一日中待ったが、いくら待っても久城は帰ってはこなかった。

洋介は一人で勝手に庭いじりの続きをした。もしも久城とスポットが戻ったときに、綺麗になった庭を見て喜んでもらいたかったからだ。

そして、九月二十五日がやってきた。小野寺からの定期便はもちろん来ず、久城も姿を現さなかった。

あれだけ楽しみにしていた葉書を受け取りに来ないということは、もしかしたら描いているのが小野寺ではないという真実に気付いてしまったのかもしれない。

だがもう、それを隠している意味もなくなった。

久城に宛てて、洋介は最後の絵葉書を描いた。祭りの夜に二人を近付けた和太鼓を描き、

その脇に初めて自分の言葉で一言だけ、素直なメッセージをつけた。

『だましていてごめんなさい』

その葉書を渡したい人は、もうどこにいるのかもわからなかった。


東京に行くことを決意したのは、久城が姿を消し十日を過ぎてからだった。洋介に抱かれたことがきっかけとなり小野寺への想いを再確認した久城が、彼の元へ戻っていったのではないかと思ったからだ。

久城が自分でその道を選びそれで幸せだと言うのなら、洋介はもう何も言う気はなかった。小野寺と寄り添い笑っている久城を見るのはつらいことだったが、それでも彼の笑顔を見られたら今度こそ諦められると、そう思ったのだ。

小野寺勝利の住まいがある世田谷区の住宅街は都会的で瀟洒《しょうしゃ》な高級住宅が建ち並び、のどかな田園風景しか知らない洋介をやや疲れさせた。暗記している所番地を復唱しながら、目的の家を探す。そこに久城がいるとはさすがに思ってはいなかったが、彼の居所を知っているのはおそらく小野寺だけだ。

天気のいい土曜日の午後だ。どの家も、広い庭で親が子供を遊ばせている。癒される平和な光景だ。久城が言っていた美しい景色とはこういう風景だったのだろうか。

電柱の住所表記を見て目的の場所が明らかに近くだと確認したとき、目の前の二階建て輸入住宅のガレージに、見覚えのあるベンツが入ってきた。降りてきた男を見て全身が緊張する。間違いない。高級感のある洗練されたジャケットとスラックス姿の堂々とした美丈夫は、まさしく小野寺本人だった。

門の方へ向かいかけた小野寺が、立ち尽くしている洋介に気付きわずかに目を細めた。

「君は……」

その表情には以前村で会ったときのような敵意はなく、まるで昔の知り合いにでも再会したかのような妙な親近感すら感じられ、洋介は戸惑う。

「私のところに来たのか？」

本気で理由がわからないといった口調に困惑しつつ、演技ではないかと疑う。

「あの人……戻ってるんですよね」

「何だって？」

怪訝そうに聞き返してくる小野寺に、洋介は一歩詰め寄る。

「隠さないでください。あの人が自分からあなたのところへ帰ったのなら、俺はいいんです。ただ、知りたいだけなんだ、あの人が今、幸せなのかどうか……」

「ちょっと待て」

小野寺が片手を上げ、言い募る洋介を遮った。

「君は何か誤解している。悠月ならここにはいない」

「嘘だ」

「嘘じゃない。悠月は東京には戻っていない」

断言したその表情は、確かに嘘をついているようには見えない。

「そんな……あなたのところでなければ、一体どこに……」

最後の手がかりが絶たれた。

癒しにはなっても久城を支えるには心許《こころもと》ないあまりにも小さな相棒だけを連れて、彼は一体どこに行ってしまったのだろう。

洋介は深く息をつき、両手で顔を覆った。肩に乗せられる温かい感触が恋敵の男の手だとわかっても、振り払う気は起きなかった。

「うちに寄っていくといい。話がある」

「そんな時間ありません。久城さんを探しに行かないと……」

「私は彼の行き先を知っている。君にはわからないらしいがな」

「っ……」

洋介は思わず顔を上げ、相手を見返した。小野寺の口元には微笑が浮かんでいた。村で対峙したときのような嘲《あざけ》りを込めた余裕の笑みではなく、好意的で穏やかな微笑みに困惑する。

「ちょうどよかった。妻と娘は出かけていて夜まで帰らないんだ。どうぞ」

促すように肩を叩き白い門扉《もんぴ》をくぐっていく小野寺のあとに、洋介はためらわず続いた。

通されたリビングはハウス雑誌にでも取り上げられそうなモダンで洒落《しゃれ》た空間だったが、陽光に満たされ温かな雰囲気の居心地のいい部屋だった。マントルピースの上に乗ったフォトフレームには、小野寺と美しい妻、可愛い娘の家族写真が飾られている。彼が普段はよき夫であり父親であることが、その微笑ましい家族写真から伝わってきた。

「君とは一度話したいと思っていた」

お茶を持ってきた家政婦を下がらせると、小野寺は唐突に言った。

「俺もです」

向かい側に座った洋介は、向けられる視線を怖《お》じることなく跳ね返す。

「小野寺さん、教えてください。久城さんはどこにいるんですか？　早く迎えに行かないと
……」

「落ち着けよ。大丈夫だ。悠月はどこへも消えたりしない」

小野寺は洋介の焦燥を苦笑で流し、ソファに背を預ける。

「まず、君に詫《わ》びることがある。村で会ったときのことだ」

相手が何を言い出すのか予測がつかず、洋介はわずかに緊張する。

「あの日君に会ったのは、実は悠月の家に行ったあとだったんだ」

「えっ？」

「あのとき、私は悠月を東京に連れて帰るつもりで家まで赴いた。だが悠月には会わず、戻る途中で君に捕まった」

何が何だかわからず、洋介は茫然と首を振る。

「あのときはそんなこと、言わなかったじゃないですか……」

小野寺の口元を、どこか苦い笑いがよぎる。

「君を見ていたら、ちょっと憎らしくなったんだ。嫉妬だよ。悠月のことはもう諦めると、簡単に言ってやるのが悔しくてな。君は君でなんだかピントはずれなことを言っているし、年甲斐もなくイラついてね。大人げなかったとは思っている」

相手の言っていることが理解できず、洋介は眉を寄せる。

「会わずに帰ったって、どうしてです？　久城さんは家にいたはずです」

「もうその必要がなくなったからだ」

茫然と言葉が継げないでいる洋介から視線をはずすと、小野寺は腰を上げ中庭に面した窓辺に立った。

「こんなことを言う資格はないのかもしれないが、悠月を愛していたよ。私なりに真剣にな」

沈黙を破り、静かな声が届いた。自信に満ちたイメージにはそぐわない寂しげな影が、その整った横顔をよぎる。だが、その表情にはどこか、達観したような清々しさも感じられた。

「彼の類《たぐ》い稀《まれ》な美貌と才能、ガラスのように繊細で純粋な心、すべてを自分のものにしたかった。溺《おぼ》れたのは私の方だったが、最初に私を欲しがったのは彼だったんだよ」

「そう、ですか……」

洋介が否定しないのが意外だったのか、小野寺は不思議そうに見返してきた。

「驚かないのか？」

「久城さんが本気であなたを求めていたことは知っていますから。誰よりも愛しているあなたが自分だけのものになってくれなかったから、寂しくて離れようとしたんでしょう」

「微妙に違うな」

小野寺はあっさりと否定した。

「何が違うんです。ごまかす気ですか？」

いきり立つ洋介を、小野寺は手を上げて宥める。

「いや、そうじゃない。確かに私は妻子のことも愛している。弁解するつもりはない。ただ悠月の私に対する気持ちも、恋愛感情ではなかった。あれはむしろ、家族愛だ」

意外な言葉に洋介は目を見開く。

「君は、悠月の両親のことは聞いたか？」

「確か、事故で亡くなったと」

「そうか……」

小野寺は宙をみつめ少し躊躇《ちゅうちょ》したが、「まぁ、君にならいいだろう」とつぶやくと、厳しい眼差しを洋介に向けた。

「本当は事故じゃない。悠月の父親は事業に失敗して、妻子を道連れに無理心中しようとしたんだ」

「えっ？」

頭をいきなり殴られたような衝撃に、洋介は茫然とし耳を疑った。

小野寺は静かに続ける。

「妻と息子の手首を刃物で切って、自分は首を吊った。母親は亡くなったが悠月はかろうじて一命を取り留めた。彼がまだ五歳のときだったらしいが、その事件は彼の体と心に深い傷を残した」

久城がどんなに暑い日でも長袖を着ているのは、もしやそれが理由なのか。

洋介は動揺を抑え、小野寺の話に耳を傾ける。

「そんなことがあって、悠月の子供時代は幸福とは言えなかったらしい。それが、不安定で容易に他人を信用しない彼のパーソナリティを作り上げたのかもしれない。自分のことを無償で愛してくれる人間などいないし、人並みの幸せには縁がないと決めているところがあった。だから、私のことも信じられなかったんだろう」

小野寺は昔の久城を思い出すように、苦しげに顔をしかめた。

やはり彼も知っているのだ。久城が寂しさの中に自ら閉じこもり、そこから抜けられない人間であることを。

「何か強い繫がりを持たなければ、私が離れていくかもしれないと不安だったんだろうな。抱いてほしいと縋《すが》ってくる悠月を、私は拒めなかった。受け入れれば彼に溺れてしまうことはわかっていたが、どうしようもなかったんだ。悠月が逃げていったのはきっと、次第に彼を束縛するようになった私の執着が怖くなったからだろう」

違う。そうではないことを、洋介は知っている。

逃げたのではない。久城は身を引いたのだ。

望むものを諦め、小野寺と家族の幸せを守ることを選んだ。ポーカーフェイスの下に悲し過ぎる本心を隠して、大切な小野寺の家庭を壊す可能性のある自分を、あえて遠ざけた。新しい環境に移れば幸せになれるかもしれないなどと、全く期待してはいなかったはずだ。

「東京から七時間もかかる、山間《やまあい》の小さな村に越すと言われたときにはさすがに驚いた。だが、私には悠月を止める資格はなかった。結局私は、彼のために家族を捨てられなかったんだからな」

吐き捨てるような口調には自責が滲む。

「一度は悠月のことを手放すつもりになったが、やはり未練があった。不安定な彼を一人にしておくのも心配だった。だから村まで出向いて、戻るよう説得しようとしたんだ。それでなくとも葉書の期限が切れたら、悠月があの村を出てどこかに行ってしまうような気がして、不安だったしな」

意外な言葉が耳に飛び込んできて、洋介は思わず身を乗り出す。

「葉書の、期限……？」

「知っているだろう？　私が悠月宛てに十日に一度絵葉書を送っていたのを。他でもない、君が届けていたんだから」

洋介の強張った顔に無言の肯定を認め、小野寺は一人頷き窓外に視線を戻す。

「あの絵葉書便は、東京を出るときの悠月の唯一の頼みだったんだ。郵便が届くことが彼の居住証明にもなるので、私も同意した。以前から彼に絵を習っていてね。まぁ、君も知っているだろうが下手の横好きだ」

小野寺は少し照れたように苦笑する。葉書の描《つたな》い絵を思い出し、目の前にいる描いた本人とのギャップに洋介の気負いもわずかに緩む。

「思えば絵を描いているときだけは、私達は余計なことをすべて忘れていられた。互いの気持ちのズレ、抱えている問題、すべてをだ。悠月にとっては私に抱かれている時間よりも、そうして二人で絵を描いている時間の方が大切だったのかもしれない」

——絵には、描いた人の持つ空気が、そのまま映し出されるから。

久城の声が耳に蘇ってくる。懐かしそうに壁の絵葉書をみつめながら、小野寺と二人だけの穏やかな時を思い返していたのだろうか。

いや、それよりも……。

「期限というのは、どういうことです？」

問う声は動揺を隠せなかった。

「一年分の月謝が前納してあったからな。葉書を送るのは、残り半年間という約束になっていたんだ。その半年で、悠月は私への想いを整理するつもりだったんだろう」

「葉書は最初から、半年間だけの約束だった……」

洋介は茫然と繰り返し、速くなる鼓動を抑える。

「で、でも久城さんは半年を過ぎても、あなたからの葉書を待っていました」

「いや、それはない。村に行き彼と会ったとき、もう来ないでほしい、葉書も約束どおり半年で終わりにしてくれと言われたんだ。だから私は、最後の葉書を描いた」

洋介の疑問に、小野寺ははっきりと答えた。

一体どういうことだろう。

半年で終わることがわかっていたのなら、なぜ久城はその後も、洋介が偽造した葉書を変わらぬ笑顔で受け取っていたのだろう。届かぬはずの葉書が来ることを疑問に思ったならなぜ、それを届ける洋介を問い詰めなかったのか。

「本当は薄々気付いていた。悠月が、私の元へはもう戻らないことを……」

洋介の動揺には気付かない様子で、小野寺は独り言のようにつぶやいた。続きを促すように見上げた洋介に、小野寺はわずかに口元を緩めると、

「ちょっと待っていてくれ」

と断り、居間を出て行く。戻ってきたその手には、数枚の絵葉書を持っていた。

「悠月の方からも、たまに葉書を送ってきてくれていたんだ。これを、君に見せたかった」

小野寺はそう言って、持ってきたそれを、宛名を表にしてテーブルに広げた。

「これは、村に越してから一ヶ月くらいだ」

最初にひっくり返したのは、白黒写真のようにリアルな細かいペン画だ。雪の残る畑の中に、藁葺《わらぶき》屋根の古い家がポツンと建っている。村ではよく見かける風景だが、なんだかもの悲しい感じがする。川辺で見せてもらった滝の絵と同じ印象だ。

絵の横には短いメッセージが、神経質そうな右上がりの字で綴《つづ》られている。

『この村の景色には動きがありません。時が止まったように静かです』

久城が村に越してきたのは真冬だった。郵便を渡してもほとんど洋介の方を見てくれず、社交辞令程度の挨拶《あいさつ》もなかった。高台の上は麓《ふもと》より北風が強く、「寒くないですか？」と聞いたら、人形のような冷たい横顔で「別に」と答えた。

それが、最初の定期便を渡したときの会話だった。

「その二ヶ月後が、これだ」

小野寺が裏返した葉書に、洋介は思わず目を見開いた。

描かれているのは自転車と、前籠《まえかご》に入れられた郵便鞄《かばん》。どちらも一目で自分のものだとわかった。

そして、その絵には色がついていた。突き放すような原色の強めの色だが鮮やかな迫力があり、先ほどのペン画と比べると絵自体が息づいている印象を受ける。

『ハガキを届けてくれる配達員は、ここでは珍しい若い人です。いつも決まった時間に来てくれます』

洋介は頬が上気するのを意識する。

その頃の久城はまだ取り澄ました無表情しか見せてくれなかった時期なのに、小野寺に宛ててこんなものを描いていたのか。自転車になんか目もくれなかったくせに、いつのまに観察していたのだろう。

「これを見たとき、正直少し驚いた。悠月が私以外の人間に興味を持つことなどないと思っていたからな。私が会ったこともない君に嫉妬し始めたのは、これが最初だったよ」

「久城さんはただ、あなたの葉書が楽しみだっただけです。俺がたまたま、それを届ける役目だったから……」

「だが次のこれは、明らかに君だろう」

小野寺は笑って三枚目を裏返す。

「っ……」

変わった絵だった。両手がしっかりと、魚を摑んでいる。水飛沫《みずしぶき》を上げる魚がピチピチと跳ねる音まで聞こえてきそうな、瑞々《みずみず》しさを感じさせる絵だ。そして節高で骨太の手は、明らかに久城のものではない。

間違いない。それは洋介の手だ。洋介との、川原での一コマを描いたものだ。

『川へ連れて行ってもらいました。魚を素手で摑むのは面白いそうです』

淡い水色を基調にしたその絵は、それまでの二枚と明らかに違っている。感情を抑えた寂しげなところはそのままだが全体的に明るい雰囲気で、尖《とが》っていた線がまろやかになった感じだ。

「君と川に行ったことが、よほど嬉しかったんだろう。悠月が自分以外の男に惹かれ始めているらしいことを知って胸が騒いだが、本当はどこかで安堵してもいた。彼が村での生活を楽しんでいるのがわかったからな」

そうなのだろうか。

本当に、そうなのだろうか。

捕まえようとしても身を翻してするりと手から逃げていく川魚のように、久城の気持ちはいつでも摑めなかった。それなのに、彼は誰よりも信頼する小野寺に宛てて、こんな絵を送っていた。

洋介には想像ができない。久城が一体どんな顔をして、この絵を描いていたのか。

「あなたの気を引きたかっただけかもしれない。やきもちを妬《や》かせて、迎えに来てほしかったんじゃ……」

「いや、それはない」

あっさりと否定される。

「悠月はほとんど自分の感情を表に出さないが、こと絵に関しては嘘はつけない。そのときの彼の心の有り様が、そのまま出てしまう。その絵は君が魚を取る風景を見て、悠月が心を動かされたから描いたものだ。そして、私にそれを知らせたかった。自分はもう大丈夫だから、となり」

「そんな……」

今さらそんなことを言われても信じられない。現に久城は洋介を拒み、姿を消してしまったのだから。

「だったら、どうして出て行ってしまったんですか。何も言わずに、一人で……」

混乱し首を振る洋介を、小野寺は静かな目でみつめながら一言言った。

「君は、まだ気付かないのか」

「え……」

小野寺は深く息をつき、上体をひねってマントルピースの上方を振り返る。

「その絵をどう思う？　悠月が二年前に描いた絵だ」

小野寺の示す手の先には、額に入れられた大きな油彩画が飾られていた。海に浮かぶ城を描いたものだ。夜の空には暗雲が渦巻き、波は荒れている。乾いた寒色の中で黒々と浮かび上がるその城は、見る者を引かせる負の迫力がある。

正直言って明るいリビングに飾るのはどうかと思う、気の塞ぐ雰囲気の絵だった。

「彼が私と関係を持っていた時期に描いたものだ。君の印象は？」

「すごいインパクトがあります。じっと見ていると、別世界に引き込まれてしまいそうな……」

「あぁ、それは悠月の作品で常に高く評価されている点だな。特にこの絵は素晴しい。他には？」

「なんだか、胸が痛いです。見る人を拒否しているような絵だと思います。それにやっぱり、すごく寂しい……」

荒海にポツンと建った古城が久城本人と重なる。誰からも忘れ去られた城は、少しずつ波に削り取られていく岩のように、ただ朽ちていくだけなのだろう。だが、そこには悲しさも恐れもない。その運命を、城が甘んじて受け入れているように見えるのだ。それが、とても寂しい。

洋介の感想に、小野寺は満足そうに頷いた。

「じゃ、こっちはどうだ。悠月が一番最近描いた絵が、これだ」

小野寺が最後の葉書を裏返した。

「っ……」

白地に黒の斑点が入った体をひっくり返しユーモラスにウインクしている仔猫が、短く刈られた芝の上に寝転がっている。やわらかな色調の緑と、ふんわりとした日向《ひなた》の色。今にも動き出しそうなスポットは優しい光に包まれ、開いた左目をまるで笑っているように細めてこちらを見返している。目線の先に誰か大好きな人間がいるのがわかる。そんな絵だ。

そしてコロンと転がった猫の腹を撫でているのは、人間の指だ。手の半分は見切れていて、指しか描かれていない。だが、日に焼け骨太なその指は、魚を掴んでいた手と明らかに同じものだった。

綴られたメッセージに、洋介は思わず息を飲んだ。

『どうやら僕にも家族のようなものができました。小さな家に一緒にいると、なにかとてもあたたかくて不思議です』

「大丈夫だ。悠月は必ず帰る。君のところへ」

かけられた一言に顔を上げると、小野寺は穏やかに微笑していた。

「私がなぜ悠月を東京に連れて帰れなかったか、まだ言ってなかったな。あの日家まで行って、縁側でくつろぐ彼を見たんだ。悠月は仔猫にしきりと話しかけては、愛しげに目を細めてスケッチブックをめくっていた。あんなに安らいだ悠月の顔を見るのは初めてだった。その顔を見て、彼がそこで大切なものを得たことを私は知った」

縁側で遊ぶ久城とスポット。洋介の心のアルバムにも残る、世界で一番美しく尊い景色。とても脆《もろ》く儚げに見えていたあの景色は、まさか永遠へと続くものだったのか。

「悠月がずっと欲していたものは、その絵にある。君はただ、信じて待っていればいい。私のところにすっ飛んでくるなんて的外れもいいところだ。すぐに帰れ」

小野寺は笑って告げると、促すように立ち上がる。込み上げてくる熱いものが溢れ出してしまいそうになるのを拳を握って堪《こら》え、洋介も席を立った。

もうこれ以上、何も話すことはなかった。

「あなたと話せてよかった」

声が震えてしまうのを隠さずそう言って、恋敵だった男を正面から見た。

「悠月のためであっても、結局私には捨てられないものがあった。君はどうだ？」

「俺にはありません。あの人がすべてです」

きっぱりとした答えに、小野寺は彼らしい皮肉っぽい微笑を唇に乗せ、

「そうか。君の勝ちだ。悠月をよろしく頼む。私が与えられなかったものを、君が与えてやってくれ」

力強く言うと、洋介の背を押すように叩いた。

門まで見送りに出てくれた小野寺は、去りかけた洋介を最後に呼び止めた。

「悠月に伝えてほしい。一回り大きくなった久城悠月の新作を楽しみにしていると。それと、幸せになれ、とな」

心のこもったメッセージをしっかりと受け取り、日の暮れはじめた街を洋介は駆け出した。


一体自分は久城の何を見ていたのだろう。

虚ろな瞳でいつも彼がみつめていたのは、小野寺でも東京での生活でもなかった。

久城はただ、探していたのだ。すべてを諦めながらも、もしかしたら手に入るかもしれないものを。否定しつつもどうしようもなく追い求めていたそれに、本当は必死で手を差し伸べていたに違いない。

だがきっと、彼は信じられなかったのだ。

幼い日のつらい出来事に幸福は壊れるものだと教えられ、心身ともに深く傷付き自ら幸せになることを封じてしまった。唯一の頼れる人間である小野寺の家庭を平気で踏みにじろうとしたことも彼自身を苦しめ、自分にはそんな幸せを手に入れる資格はないのだと思い込んでしまったのだろう。

幸福になれることを久城自身が信じていないのなら、洋介が教えてやればいい。

これまで、久城の心は小野寺にあるものと思い込んでいた。だからどうしても、もう一歩を踏み出せなかった。

でも、これからは違う。自分の位置付けが久城の中のどこにあるのかはまだわからないけれど、それが恋になるまで捕まえていたい。

いつか出て行ってしまう人だなんて、もう思わない。

彼はそばにいる。

スポットと自分と一緒に、ずっと、あの温かい家にいるのだ。


洋介が村に戻ったときは、すでに夜中になっていた。帰宅する前に高台の家を訪れたが明かりはついておらず、久城が戻ってきた形跡はやはりなかった。

一度は帰宅した洋介だったがじっとしていられず、翌日曜日は早朝から彼の家に向かった。ずっと机の奥にしまっておいた小野寺からの最後の葉書と、洋介自身からの葉書をジーンズのポケットに入れて、涼やかな秋の風が心地よくなってきたのどかな道を歩いた。

一昨日までのやりきれない焦りに支配された絶望的な気分とは違い、今洋介の心は不思議と澄んでいた。

――君はただ、信じて待っていればいい。

小野寺の言葉が耳に蘇る。

きっと、久城は戻ってくる。

どこで迷っているのかわからないけれど、帰ってきたらしっかりと抱いてやろう。ずっとここにいていいんだと、何度でも言ってやろう。

「っ……」

坂を上り見えてきた家の窓が開いているのを認め、洋介は駆け出した。

「久城さん！」

縁側から中に飛び込んだ。

人の気配はない。だが明らかに、帰宅した形跡がある。ちゃぶ台の上の鉢には新しい水が張られており、部屋の隅にはスポットのキャリーケースが置かれ、おもちゃが転がっている。

そしてグルリと室内を見渡した視線が、壁に釘付けになった。

そこには元通り絵葉書が貼ってあった。だがそれはひまわりから始まってヒヨコ、カブトムシ、金魚の四枚だけ。小野寺のものはなく、すべて洋介が描いたものばかりだった。

「久城さん！」

家中を回って本人もスポットもいないのを確認し、洋介は胸の高鳴りを抑え庭に飛び出した。

ここで待っていれば、きっと帰ってくる。それはわかっている。

だが、すぐにでも会いたい。愛しい人のすべてを今すぐ腕に閉じ込めて、もうどこへも行かせないと繰り返し告げたい。

キャリーケースが置いてあるということは、スポットは抱いて連れて行ったのだろうか。

ふいに、夢で見た久城の姿が洋介の脳裏に蘇った。

両手で猫を抱いた久城は、吊り橋を渡って向こう側に行こうとしていた。橋を渡られてしまったら、なんとなくもう二度と会えない気がして不安だったのを思い出す。

二人が初めて会った場所。根拠はないが、やけにひっかかった。

――行ってみよう。

何かに突き動かされ、洋介の足は橋に向かって走り出した。


初めて会った日と違い、秋晴れの晴天が眩しい気持ちのいい朝だ。あの日灰色の雲に霞んでいた山並みは、紅葉前の緑を色鮮やかに輝かせている。

そんな景色の中心に、長い吊り橋は今日も悠然とかかっていた。

そして、その中央にたたずむ、スラリとしたシルエット。

久城は、夢の中のように背を向けてはいなかった。山の端から昇る朝日にじっと見入るように、ただ空を見上げていた。清冽《せいれつ》な白シャツに黒いスラックス姿は以前と全く変わらず、両手はその胸にしっかりと白黒の毛玉を抱き締めている。

みゃあ、と毛玉の方が先に、近付いていく洋介に気付き声を上げた。ハッと振り向いた久城の表情が一変する。明らかに困惑し、怯《おび》え、すぐにでも逃げ出したそうなその顔は、以前までの毅然《きぜん》と乱れないポーカーフェイスの片鱗《へんりん》もなかった。

二、三歩後ずさった足は、それ以上退こうとしない。背を向けようともせず、久城はその場に留まってくれている。みゃあみゃあ、と、再会を喜んでくれているスポットの甲高《かんだか》い声だけが橋を渡っていく。

駆け寄って引き寄せ全力で抱き締めたいのを堪えながら、洋介はゆっくりと距離を詰める。

——大丈夫だ。彼は、もう逃げない。

今はその確信があった。

手を伸ばせば白い頬に触れられる距離まで近付いて、洋介は足を止めた。久城はいたずらをみつかった子供のように俯く。

「どこに行ってたんですか？」

穏やかに、怯えさせないように静かに尋ねた。

「行くところなんかなかったから……とりあえず隣町のホテルに滞在していた。ゆっくり、行き先を決めようと思って……」

「もう、ここには戻ってこないつもりだったんですよね」

責めるのではなく確認するように聞くと、久城は長い睫毛《まつげ》をしばたたいた。

「うん」

猫を抱いた指がわずかに震えていた。ご主人が不安がっているのを察したのか、スポットがすかさず赤い舌でその指を舐《な》める。

「どうして急にいなくなったんです？　俺の気持ちが重くなった？」

細い首が横に振られた。

「怖かったんだ、君といるのが」

意外な答えに洋介は目を瞠《みは》る。

「このままどんどん君といることが心地よくなってしまったら、別れるときにどんなにつらいだろうと思って、どうしようもなく怖くて……。その恐怖は、きっと君には想像もつかないよ。だから、そうなる前に離れてしまわなきゃと思ったんだ」

「なぜ別れるって決めてるんですか？　あなたさえ一緒にいたいと言ってくれれば、ずっとそうすることができるのに」

久城はつらそうに首を振った。

「お祭りの夜、君はとても追い詰められて苦しんでいた。僕が、君を惑わせているせいだと思った。僕はまた大切な人の幸せを阻んでしまうのかと、そう思ったら、いてもたってもいられなくて……」

「俺の幸せは、久城さんと一緒にいることですよ」

不安げにみつめてくる人を、洋介は微笑みで包み込む。だが久城は自分を責めるように唇を噛み、俯いてしまう。

「俺昨日、小野寺さんに会いに行ったんです。あなたが、彼のところにいるんじゃないかと思ったから」

よほど意外だったのだろう。久城は驚きを隠さない表情で、ハッと洋介を見上げた。

「小野寺さんは言ってました。あなたはきっと高台の家に帰ってくるって。俺は信じて待っていればいいんだって。本当に、戻ってきてくれましたね。どうして？」

震える唇が長い沈黙を経てやっと開き、寂しくて、と動いた。

「スポットがいるから、もう大丈夫だと思ったんだ。二人でどこか遠いところに行って、ひっそりと暮らそうと。そこでは絶対にもう、気になる人間なんか作らないようにしようって。でも……駄目だった」

久城はどこか自嘲《じちょう》めいた笑みを浮かべ、首を振った。

「日が経つごとに、君に会いたくてたまらなくなった。君にもう二度と会わないんだと思うと、自分がたった一人だということがやけに意識されて、身を切られるようだった。僕は……僕は君と出会うまで、自分が寂しい人間だなんて、全く気付かなかったんだ」

上げられる瞳は、今うっすらと涙で潤んでいる。

彼が泣くのを初めて見た。どんなに悲しいことがあっても、すべてを諦観《ていかん》している久城にとっては、それを悲しみと認識することすらなかったのだろう。

それが今、彼は泣いている。寂しかったと素直に訴え、震えながら泣いている。

「ホテルの部屋で、スケッチブックに君の絵をいっぱい描いた。そうしていれば、君が隣にいてくれているような気がしたから。でも、それでもつらくてどうしようもなくなったとき、ふと思ったんだ。そうだ、やっぱり帰ろうって。あの家へ、帰りたいって。それで気が付いたら、いつのまにか戻ってきてしまっていたんだ……」

白い頬を透明な雫が伝う。洋介は手を伸ばし、尊い宝石のようなその粒をそっと拭った。

「もう、どこにも行かなくていいんです。あの家が、あなたの居場所なんだから」

「孤独を運命付けられた人間は、ぬくもりを求めちゃいけないんだと思っていた。だから僕は、一人で生きられる強さを授かっているんだと。でも……」

迷ったように逸らされていた瞳が上げられる。ずっと抱えていた疑問の、答えを求めるように。

「違うのかな……？　もしかしたら、僕のような人間でも、欲しがってもいいのかな」

不安げに声を震わせ恐る恐る聞いてくる相手に愛しさが募り、洋介は笑顔を返す。

「最初から孤独が決められてる人なんか、どこにもいませんよ。人間はみんな弱いし寂しいから、誰かと一緒にいるように作られてるのかもしれないですね」

見開かれた澄んだ瞳には、初めて会ったときのような虚無の影はない。突き放すような拒否の色もない。

ただ、怖がりながらも無心に求めている。彼がずっと欲していた、たった一つのものを。

「俺があげます、あなたの欲しいものを。その代わり、俺にもください。俺がこの先生きていくのに、どうしても必要なものを」

その場から動かなかった久城の足が、一歩前に出た。未知の一歩を踏み出すのを恐れているのかそれ以上進まない体を、洋介はもうためらわず引き寄せる。

仔猫ごとくるむように抱いてやると、愛しい人が肩に頰を押し付けてきた。止まらない涙がTシャツを濡らしたが、冷たさではなく、優しいぬくもりだけがじんわりと伝わり、感動とともに胸に染みた。

「小野寺さんからの伝言。新作を楽しみにしてるって。それと、幸せになれって」

頼りない体が震え、嗚咽《おえつ》が声になって漏れた。

「二人で幸せを探しましょう。一緒にいれば、きっとみつかります」

腕の中声をころして泣く人を、洋介は想いを込めてしっかりと抱き締める。

もう二度と、彼が迷子にならないように。

何日も会えなかった分、想いは限界まで募っていた。

わずかにも離れず身を寄せ合ったまま、高台の家まで戻る。古巣に帰り安心して眠くなったのかウトウトしているスポットを、久城が寝床に寝かせるのを待って引き寄せた。加減せずに思い切り抱き締めると、久城は細い息を吐いて首を振った。

「ま、待って……」

「待ちません」

両手で胸を押し返そうとしてくるのを封じ、唇を求めると、「ベッドへ……」とためらう唇がつぶやいた。恥じらったように顔を背ける彼の、ほんのりと赤く染まった目元が蠱惑《こわく》的だ。

「え……あっ」

たまらず両脚をすくって抱き上げると、久城は驚いたのか小さく声を上げ、軽く洋介を睨み上げてきた。その表情すら色っぽくて、体の奥に不埒な火が点《つ》いてしまうのを止められない。

寝室の場所は知っている。洋介は久城を抱いたまま器用に引き戸を開け中に入ると、緊張している体をベッドの上にそっと下ろした。

南向きの寝室の窓からはやわらかい秋の陽《ひ》が差し込み、部屋全体をほんのりと温めている。豪雨が窓を割れんばかりに叩いていたあの夕立の日とは全く違う穏やかな天気は、二人の心情をそのまま映し取ったかのようだ。

「一つ、聞かせてください」

疑問符を浮かべた久城の瞳が上げられた。

「小野寺さんのこと、俺よりも好きでした？」

予想外の質問だったのだろう。久城はびっくりした顔で見上げてきた。

「どうしてそんなこと聞くの？」

「妬けるからです。俺と小野寺さん、どっちが好きですか？」

愛しい人は頬を染め、キュッと眉を寄せる。

「子供みたいなことを言わないでくれ」

「あなたが好きだった人のこと、俺が気にするのは当たり前でしょう？　もちろんこれからは何がなんでも、俺があなたの一番になりますけど」

落ちた前髪をかき上げ秀でた額にそっとキスをすると、久城はほのかに瞼《まぶた》を染めて震える声でつぶやいた。

「僕は……君が怖いよ」

「怖い？　俺のどこが怖いですか？」

「以前……小野寺さんと付き合ってるときの僕は、どこかで常に冷静だった。でも君と向かい合うと、自分の中の何かが狂わされるみたいに、取り繕うことができなくなる……触れられると、もうわけがわからなくなって……」

伏せられていた視線がそっと上げられる。その瞳は揺らぎ、まだ少しだけ怯えている。

「最初は、こんなに君が気になる理由はモデルとして魅力的だからだろうと思っていたんだ。好みだから、惹かれてしまうんだって。でも、もしかしたら違って……。小野寺さんに求めていた穏やかなぬくもり以上のものを、僕は君に……」

　久城は言いづらそうに言葉を切る。

「君に触れられるとぬくもりをもらうと同時に、奪われるようで……でも、それが決して不快じゃないんだ。自分が変えられてしまうと思ったら、すごく怖くなった。君から逃げた理由は、それもあったんだ。こんな気持ち、初めてで……」

　久城らしくない迷いながらの告白に、洋介の胸は高鳴る。

　小野寺とは違う意味で自分を意識していると、彼は今そう言ってくれたのだろうか。

「そんなこと言われたら、もう離してあげられなくなりますよ。いいんですか？」

　答えを待つ間ももどかしく、何か言いたげに半開きになっている唇をそっと啄《つい》ばんだ。久城が微かに肩を震わせる。控えめに背に回された手が、嫌ではないと言っている。

「いいよ……」

　怯えを残しながら、甘さを含んだ声が答えてくれた。

「君になら、すべて奪われたいって、そう感じる。これまで誰にも見せなかったものを、無理矢理暴かれてもいいと思ってしまう。これって一体、何？　君は僕にとって、何なのかな……？」

不安げな表情で見上げてくる無垢《むく》な相手に触発され、完全に理性が限界を超えた。

噛み付くような口付けを容赦なく落とすと喉の奥で声が漏れ、背に回った手に力が込められた。薄い唇を吸い上げすべての息を奪い、熱い口腔をゆっくりと舌で探る。

最初は怯え引っ込んでいた久城の舌は、次第に積極的に応え絡まってきた。言葉の代わりに甘い蜜《みつ》を交換し合い、秘密の媚薬《びやく》のように飲み込んで、互いに内側から相手の色に染まっていく感覚に酔う。まるで甘美な毒を取り入れたように、体は熱くなってくる。

「悠月さん……」

名前の方を呼ぶと、相手はうっとりと潤んだ目を上げて、「洋介……」と応えた。

体の奥の奥の方で、眠らせていた情動が目を覚ます。

ボタンをはずすのももどかしく、清潔な白いシャツをはだけさせると、目に眩しい滑らかな素肌が飛び込んでくる。腕から袖を抜こうとすると久城はわずかに嫌がったが、仔猫並みのその抵抗を洋介は呆気なく封じてしまう。

引っ込めようとしたその右手首をあえて取ると、久城は体を強張らせふるふると首を振った。その真っ白い手首にはもうほとんど見えないくらいの薄い傷跡が残っており、洋介の心は激しく痛んだ。

そこにそっと唇を寄せると、久城はしっかりつぶっていた瞼《まぶた》をうっすらと開けた。怒られるのを恐れているような瞳に、洋介は優しく微笑んでやる。

「大丈夫。もう、何も心配しなくていいから」

触れたところから自然に傷が消えてくれればいいのにと祈りながら、洋介は何度も彼の秘密に口付ける。

「これからはもう一人で苦しまないで。俺とスポットが、全力であなたを守りますから」

久城の眉根がキュッと寄せられ、震える両手が洋介の首を掴んで引き寄せた。

「洋介……洋介……っ」

何度も名を呼ぶ声は細く震えていて、彼がそれまでたった一人でどれだけの不安を抱えながら耐えていたのかと思うと、愛しくてたまらなくなった。

「洋、介……は、ぁ……」

真っ白い肌に散った桜の花びらのような胸の突起に指先で触れると、敏感な体はビクリと震え名を呼ぶ声は甘さを増す。首筋から胸元にかけて所有の印を散らしながら、少しずつ芯を持ち始める乳首を丹念に愛撫する。

「あっ、あぁ……んっ」

爪の先で弾くようにしてやるとさらに甘い声が上がり、細腰が自然に揺らめいた。雪原のような肌が見る見る色付いてくる。

「悠月さん、すごく綺麗です」

「僕は……君の手が、好きだ……」

喘《あえ》ぐ息の下からとろけるような声が恥ずかしそうに打ち明ける。

「君の、指の形……すごく好きだよ。今その指で触れられてると思うと、もう……」

それ以上は感極まって言葉にできないというように首を振る久城の、紅さを増した唇に人差し指をそっと差し込んでやる。

「あげますよ。全部あなたのものだから」

「ん……」

久城は素直に口を開け洋介の指を含むと、仔猫が母猫のおっぱいを吸うようにくちゅくちゅと舌で舐め、吸い上げる。不埒な妄想が頭を支配し、どうにかなってしまいそうだった。

「悠月さん、そんなに煽らないでください」

「あ、煽ってなんか……ぁっ」

久城が湿らせた指先ですっかり尖った乳首を転がし、もう片方に吸い付き舌で強めに擦ってやると、久城は「ああっ」と声を上げ、洋介の頭を両手で抱える。

甘く感じる胸先を堪能しつつ脇腹をなぞりながら下ろした手で、スラックスのウエストボタンをはずし、ジッパーを下ろした。

「やっ……」

逃げようとするのを押さえ付け、すばやく手を忍び込ませる。下着の上からでも、そこがすでに反応していることは明らかだった。

体を起こし、下着ごとスラックスを脱がせた。薄桃色の花芯は勃ち上がりかけ、先端は透明な雫を滲ませている。

恥じらって体を縮めようとするのを強引に開かせて、すらりと伸びた長い脚の間に体を入れると、洋介は迷わずその中心を口にした。

「あ、あ……っ」

急に強烈な快感を与えられ、久城は悶えて身をよじる。揺らめく腰を抱え、滑らかな脚を宥めるようにさすってやると、ささやかな抵抗はすぐやんだ。

「あぁ、洋介、やめ、……はぁ……っ」

普段聞いたこともない艶のある掠れ声に煽られて、どうしようもなく熱が上がってくる。

先端を舌で扱いてやると、可憐な果実はどんどん育って蜜の味が舌ににじむ。自分の愛撫でガラスの人形みたいな久城が淫《みだ》らに感じてくれていると思うと、それだけで昂ぶってくる。

喉の奥まで深く含んで吸い上げるように唇で扱いてやると、細い指が伸ばされて洋介の髪をまさぐった。目を上げて見たその表情は朦朧《もうろう》として、桃色に染まった肌が常の清潔な彼からは想像もつかない色香を放っている。

「や、ぁ……も、もうっ」

「可愛いですよ」

離した唇で囁くと、久城はその頬をさらに紅く染める。

「感じてる悠月さん、すごく素敵です」

首を振り逃れようとする肩を押さえ、今にも弾けそうな果実を手であやしながら、しこった乳首を吸い上げた。

「あ、あぁ……っ」

ひときわ高く甘やかな声を上げ、久城が体を震わせる。愛する人の放ったもので手が熱く濡れるのを感じ、嬉しさで全身が満たされた。

感じ過ぎてかしがみついてくる体をしっかりと抱いてやり、唇を合わせ味わいながら、その合間に「好きです」と何度も囁く。恥ずかしそうに視線を逸らしている表情は全く初心《うぶ》そのもので、小野寺のような大人の男と不倫していたとは到底思えない。

「悠月さん……もしかして、あまり慣れてないのかな……」

嬉し過ぎてガードが甘くなり、思ったことがつい声になって漏れてしまった。快感に耐える潤んだ瞳に軽く睨まれて、洋介の体温は確実に数度上がる。

「仕方ないだろ。こんなの、知らないんだから」

舌足らずで訴えられては、目眩《めまい》すら覚える。

「君に触れられると、なんでかこうなってしまう。僕自身にも、どうしようもない」

「小野寺さんのときは、こんなふうにならなかったんですか？」

どうしてこんなときに前の男の名を出すのだ、と言いたげに、泣きそうに睨み上げる久城に、洋介は宥めるようにキスを落とし「聞かせて」とねだる。

「な、ならなかった。小野寺さんはいつだって僕を安心させてくれたのに、君は僕をおかしくさせる。僕が変になるのは、君のせいだ」

自分で聞いておきながら急に嫉妬に目が眩《くら》み、慎ましやかに閉じられた脚を洋介は少し強引に開かせ、膝を立たせた。

「やっ……何……？」

「変になった悠月さんが見てみたいです。俺だけに、見せてくれるんですよね？」

開かせた脚の間に手を忍び込ませ、淡いピンク色の蕾に彼自身の放ったものを塗り込めると、久城は喉の奥で小さな声を上げる。

朝の光の中で、あられもない格好をさせられているのに気付いたのだろう。羞恥《しゅうち》で脚を閉じようとするのを体を割り込ませ阻み、洋介は着ていた服をすべて脱ぎ捨てた。

わずかに頬を紅潮させた久城の、潤んだ瞳がぼうっとなって下から見上げてくると、さらに猛々《たけだけ》しい欲望が湧いてきて、洋介の中心を押し上げる。

今すぐに欲しいと主張しているそれを見て、久城はおずおずと手を伸ばしてきた。欲望にかられた、という感じではなく、もっと純粋な興味から伸ばされたようなその仕草が、逆に洋介の劣情をそそり体の中で何かが暴発しそうになる。

細く白い指が触れた瞬間に弾けてしまいそうで、洋介は寸前でその手を握って止めた。

どうして触れさせてもらえないのかとやや不満そうな顔をする相手が可愛くて、体を重ね深く口付けた。隙間なくくっついたまま、秘密の入口に触れた指で周囲を解していく。慎ましやかに閉じられた蕾にそっと指を忍び込ませると、腕の中の細い体が震えた。

「洋介の指が……入ってる……」

うっとりするような口調で零されるつぶやき。手が気に入っているというのは本当なのだろう。

差し入れたその指を、入口を広げるように中で動かしてやると、久城はあえかな声を上げて両腕を首に絡めてきた。不快ではないらしい証拠に、もう脚を閉じようとはしない。空いた左手で乳首を摘《つ》まみ転がしてやると、腹に触れる花芯の先端がさらに蜜を零すのがわかった。

「ん……っ」

指の本数を増やすと、柳眉《りゅうび》がわずかに寄せられた。

「痛いですか？」

首が振られ、色めいた瞳が向けられる。その目はむしろ、その先をねだっている。

ゆっくりと出し入れさせるたびに、無意識にだろう、キュッと締められる蕾に洋介の方ももう限界だった。

「もう、いいですか？」

相手が顎を引きそっと目を伏せるのを確認して、どうしようもなく猛ったものを入口に押し当てる。

「やっ……あ、ぁっ……」

薔薇《ばら》の唇からつらそうな声が上がり、洋介は動きを止める。じっくり解したとはいえそこはまだきつく跳ね返してくる感覚で、欲望にまかせて分け入るのをためらわせる。

「悠月さん、入りたい……力を抜いて」

緊張を癒すように体を撫でてやり耳元で甘く囁くと、すがるような目が向けられ開かれた唇がわずかに震える。

「僕は、大丈夫だから……」

来て、と消え入りそうな声で付け足され、かろうじて残っていた理性が吹き飛んだ。

「ごめんなさい」

「あ、あぁ……っ！」

萎《な》えかけた相手の中心に指を絡め、じりじりと腰を進めると、つらさの中にも艶っぽさのまじる声が上がる。外見のクールさからは想像もつかないほど熱い体内に引き込まれ、締め付けられると、信じられないほどの快感が全身を駆け巡る。

再び勃ち上がってきた可憐な果実を扱いてやるたびに久城は身をよじり、無自覚に洋介に刺激を与えてくる。

「駄目だ……洋介、まだ……まだ……っ」

首を横に振り、花芯を扱く洋介の手を押さえようとするのは、先に達するのが嫌なのか。

「大丈夫、まだ達《い》きません。……悠月さんの感じてる顔、もっと見せてください」

顔を隠そうとする手を払い、埋め込んだ先端で探り当てた感じるポイントを擦ると、細い体が跳ね上がった。

「あっ、そこは……は、あぁっ！」

「ここ、いいですか？　悠月さん、もっと感じて」

「そ、んな、見ないで……洋介……っ、は、ぁ、いや……っ」

必死で顔を隠そうとするその仕草が、逆に誘っているのだと気付かないのだろう。意地悪な気持ちにかられて、洋介は執拗《しつよう》にそこを擦り上げ、前を扱く手も速度を上げる。

「達ってください」

「あぁっ、や、やぁっ！」

促すように囁いてやると、久城は全身を震わせ絶頂を極めた。

「っ……」

引き込まれるような強烈な快感が脳まで突き上げて、洋介も感じるままに腰を動かす。

「悠月さんっ」

達する瞬間、相手をしっかりと抱き締めた。もう二度と、この腕から逃げて行かないように。

この先彼が迷って行き先を見失わないよう、全身全霊を賭《か》けて愛し続けることを、腕の中

の愛しいぬくもりに誓う。

言葉の代わりに唇を求めると、魅惑的な薔薇の花びらはうっすらと開かれて洋介の求めを受け入れる。何度も合わせて誓いを伝えながら、ずっと入っていたい甘美な体から己《おのれ》を少しずつ引き抜くと、官能の冷めていない相手は体を揺らし喉の奥で切ない声を漏らした。

「洋介……」

体が離れたことで不安になったのだろう。おずおずと身を寄せてくるのを抱き寄せ優しく髪を撫でてやると、久城はホッと安心したように息をついた。

しばらくそうして波をやりすごしたあと、

「何か……」

肩に顔を伏せたまま、久城がぽつりとつぶやく。

「うん？」

「何か、変な感じだな。こういうの、慣れなくて」

その口調はいつものドライな彼に戻っていたが、覗き込んだ頬が真っ赤になっているのを見て照れているのがわかった。思わず笑ってしまった洋介の胸を、拳が軽く突いてくる。

「何笑ってるんだ」

「ごめん。嬉しくて」

洋介は拗ねて離れていきそうになる体を引き止め、耳元に唇を寄せる。

「これからは嫌でも慣れますよ。毎晩でもしてあげますから」

うっかり自分の願望を口にしてしまったら、つれない恋人は喜ぶどころかさらに眉を寄せてくれた。

「僕を殺す気かい？　こんなに体力も精神力も消耗すること、十日に一度で十分だよ」

「そんな、定期便じゃあるまいし……あっ」

こんなときに無粋だが、急に大切なことを思い出した。

洋介は体を起こしベッドの下に脱ぎ散らかしたジーンズを取ると、ポケットから二枚の葉書を取り出す。瞬時迷ってから、潔く久城の手に握らせた。

「これ……」

受け取った相手の顔から疑問符が消えた。

最初に見たのは、渡し損なった小野寺の葉書の方だ。浮かんだ懐かしげな哀愁の表情は二枚目を見た瞬間に、葉書を受け取るときのいつもの微笑に変わる。いや、いつもよりももっとずっと嬉しそうな、明るい笑顔に。

「気付いてたんですよね。俺が描いてるってこと」

神妙な顔で尋ねる洋介にクスリと笑い、

「最初のひまわりからね。当然だろう」

と、久城はあっさりと認めた。

「小野寺さんとの約束が半年間だったなんて、俺知らなかったから」

「ああ、そのせいじゃない」

意外にも否定される。

「これでもその道で食ってるプロだからね。絵を見れば一目瞭然さ。似せようと努力しているのはわかったけど小野寺さんの筆使いじゃなかったし、それに彼は生き物は描かないんだ」

「えっ？」

改めて思い返してみた。確かに小野寺が素材に選ぶのは蘭や、薔薇、クリスタルの花瓶といった、どちらかというと高級感のある植物や静物ばかりだったかもしれない。

「題材選びには描き手の個性が出るからね。君はひまわりにミツバチを止まらせた。小野寺さんなら絶対そんなことはしない。その上ヒヨコにカブトムシ、金魚と続けば彼の手でないことは明らかだし、そうなるともう君しかいない」

「本当に、すみませんでした」

道化じみた一人舞台だったのだと思うと、羞恥で消え入りたくなる。

どんな罵倒《ばとう》も責めも受ける覚悟で緊張し俯く洋介の頭を、伸ばされた優しい指がそっと撫でてくれる。

「どうして謝るの？」

「嘘をついて、あなたを騙してた。してはいけないことをした」

「僕がショックを受けないようにと思って、してくれたことなんだろう？　君の想いがいっぱいに詰まったこの絵葉書が、僕の心を動かしたんだよ。君は自分の職務に誇りを持った優秀な配達員だ。そんな君が罪悪感で傷付くことを恐れないで、がむしゃらに僕を守ろうとしてくれた。本当に嬉しかったよ」

「っ……」

久城はわかってくれていたのだ。一人で耐えていた、洋介の苦しみを。

胸の中に抱えていた重いしこりが溶けて、代わりに何かとても温かいものが流れ込んでくる。

「なんて優しい人だろうと思っていたよ。君の描く絵からもそれは伝わってきて、葉書を受け取るごとに、僕は君にどうしようもなく惹かれていくのを感じていた。僕のこれからの人生に君がいてくれればいいのにと、自然に願うようになったんだ」

温かい唇が、俯いている洋介の額にそっと寄せられた。

「つらい思いをさせたね。ありがとう」

込み上げてくる熱いものがみっともなく零れ落ちてしまわないように、洋介は両手で愛しい人をギュッと抱き締める。

「これからも、定期便は欠かさず提出するようにね。君の絵はいい味を出しているけど、まだまだ指導が必要だ」

冗談めかして笑いながら要求する久城に、「一生手渡しします」と答えると、「壁に貼り切れるかな」と返ってきて、傷の癒えた胸がジンと温かくなった。

少しだけ照れながらみつめ合う瞳にはまた求め合う熱が戻ってきて、どちらからともなく唇を合わせる。

目を閉じた瞬間洋介の瞼の裏には、居間の壁を一面に埋め尽くした絵葉書の列が見えた気がした。それはきっと何十年後かに実際に見られる、二人だけの幸せな風景に違いない。

＊＊＊

高台への道を自転車で上っていくとき、頬を撫でる風が随分と涼やかになった。あと一ヶ月もすれば、そろそろ冷たく感じられてくるかもしれない。

洋介は腰を浮かせ一気にペダルを踏み込み、久城の家の前に愛車を停める。

約二ヶ月かけて丹精した庭の花壇には、光本家から移植した可憐なコスモスが咲き乱れている。

庭を横切り玄関を開けると、食欲をそそるいい匂いが漂ってきた。

「悠月さん、ただいま！」

奥に向かって声をかけると、にゃあ、という元気のいい返事とともに、白黒の毛玉が飛んでくる。毎日少しずつ大きくなっているスポットを撫でてやっていると、

「おかえり」

と声がして、恋人が奥から出て来た。

――『ただいま』と挨拶すると、『おかえり』と返るような家がいいな。

夜の睦言《むつごと》で久城が言い出して、それじゃそうしようと洋介が強引に決めてから、その約束事は続いている。最初の内はためらい照れて、なかなかその一言を言えなかった久城だが、今では自然に応えてくれるようになった。

まだ一緒に暮らしているわけでもないのにそんな挨拶も気が早いのだが、言い交わしているうちにそれが自然な気がしてくるから不思議だ。

「随分早かったね。三時過ぎになるって言ってなかったかな」

「待ちきれなくて、あわてて用を済ませてきたんだ。すぐにでも見たかったから」

昨日久城が郵便局に寄り、明日の午後までに絵を仕上げておく、と知らせてくれたのだ。

洋介をモデルにデッサンを始めて一ヶ月、その後一ヶ月余りの期間をかけて出来上がった絵は一体どんな作品だろう。昨夜は気になって眠れなかった。

「ところで、なんだかいい匂いがするね」

「昨日、局へ寄ったあと八百屋さんに行ったら婦人会の面々に捕まって、美味しい筑前煮の作り方なんかを伝授してもらった次第。夕食楽しみにね」

「うわ、なんか腹減ってきた。すごい美味そう」

最近の久城は町まで行かず、村の商店街で買い物をするようになった。祭りの夜以来村の人間に顔見知りも増えて、通りすがりに声をかけられることも多くなったという。

人間関係の希薄な都会で他人を避けながら生きてきた久城だ。そういった状況はどうにも気恥ずかしくまだ慣れないようだが、単に照れくさいだけで嫌ではないらしい。

『ここに定住するなら、そういうのにも少しずつ慣れないとな』と、ごく自然に言われたときには、むしろ洋介の方が驚いてしまった。

――そうか、もうこの人はどこにも行かないんだ。

そう思っただけで、心がゆるりと幸福感に満たされた。

「でも、早めに来てくれてよかった。夏に行った川に、また連れて行ってほしいと思ってたんだ。そろそろ紅葉が始まる頃だろう？」

「もちろんいいよ。それより絵、これだよね？」

居間の隅に置かれたイーゼルにキャンバスが乗っている。かけられている布を取ろうとそわそわと伸ばしかけた手を久城が軽く叩き、笑って左手を差し出す。

「その前に、何か忘れてない？」

「ああ、そうか」

今日は十月二十五日だ。洋介は用意してきた絵葉書を、ポケットから出して渡す。

満月の真ん中で餅《もち》をつくうさぎの絵だ。『本当に月にうさぎがいると思うと、楽しくなってきませんか?』とメッセージをつけてみた。我ながら、なかなか凝った構図になっていると思う。

受け取った久城はいつもの微笑を浮かべる。嬉しさを噛み締めるようなその控えめな笑顔は、今も変わらず洋介を幸せにしてくれる。

「なんかうさぎがヘンテコだね」

などと、最近では手厳しいコメントもつけてくれるようになったが、それもまた嬉しい。壁に貼られた絵葉書は一日ごとに増え続けている。この壁が埋まるまで書き続けてほしいと言われているので、洋介の手慰みはまだまだ続きそうだ。

「なぁ、もういいだろ?」

お預けをくらった大型犬のように細い首に手を回しねだると、久城は洋介から逃れ声を立てて笑った。

「そうだね。いいよ」

キャンバスにかけられた布を緊張する指で摘まみ、サッと取り去った。

「! ……」

目の前に、真夏の日差しが蘇ってくる。

油彩だが、写実的で精密な細かい筆致はこれまでの久城のものだ。だが今までの絵のように、見るものを突き放す冷たさがない。むしろ、その一筆一筆に優しい想いが込められ、心を癒してくれる。

それは、配達の風景だった。爽やかな青空を背景に、制服姿で自転車にまたがった洋介が描かれている。

明らかに自分であることはわかるのに、別人のように見えるのはなぜだろう。

絵の中の洋介は、とても優しく穏やかな笑顔を向けている。すべてを温かく包み込むような大きさを感じさせる姿は、久城の目に映る自分なのだろうか。

そう思ったら、頬が紅潮してくるのがわかった。

そして、絵の中の洋介が手前に向かって差し出した、その右手には……。

「ヌードじゃなくてがっかりした？」

ちょっと照れくさそうな声が背中で聞こえた。湧き上がってくる感動で、洋介は言葉が出てこない。

「僕にとっての君のイメージは、やっぱりこれなんだ。配達の日は葉書じゃなくて、本当は君が来ることを楽しみにしていたのかもしれない。今はそんなふうに思う」

「悠月さん……」

「うん？」

「今すぐキスしたい」

真剣な顔で捕まえようとする洋介を笑ってかわし、久城は身を翻す。

「さぁ、川へ行こう。その絵は寝室に飾るつもりだから、いつでも見られるよ。ほら、早く」

弾んだ声で腕を引かれた。

「え、ちょっと待って」

もっとじっくり絵を見たいのに、と未練たっぷりで振り返りながら、最近とても感情表現が豊かになった恋人に洋介は引っ張られていく。

秋の気配が濃くなった川原で、今日はどんな絵を描こう。これからずっと季節ごとの風景の中、隣には必ず久城がいる。

そんな幸せが、まだ信じられない。

「悠月さん、待ってくれよ！」

先に庭へ飛び出して行ってしまう愛しい人の背を追う前に、洋介はもう一度だけ絵を振り返った。

絵の中の洋介の右手にあるのは、定期便の絵葉書ではない。差し出されたその手のひらには、何かキラキラした虹色の光のようなものが乗っている。

それはきっと、これから先ずっと二人で渡し合っていく、世界にたった一つの尊い宝物に違いなかった。

郵便配達人は神様の贈り物

「じゃ悠月《ゆづき》さん、まずはメリークリスマス！」

「じゃなくて、ハッピーバースデーだろう？　今日は君の誕生祝いなんだから」

気恥ずかしさをごまかすようにわざと眉を寄せ、久城《くじょう》は差し出された洋介《ようすけ》のワイングラスに自分のグラスをカチンとぶつける。二人の間でスポットも、うにゃあんと嬉しそうに鳴く。

恋人が自分よりも四つ年下で、今日、十二月二十五日に二十二歳になるのだということを、久城はついこの間知った。『いつもお祝いはクリスマスと一緒にされちゃうんで、ちょっと損した気分なんだ』と笑った彼に、今年は何か特別なことをしてやりたいという気持ちが柄にもなく湧き上がり、自宅での祝い会を提案した。洋介はびっくりするほど喜んでくれて、当日の会に向けてわざわざ買ってきた樅《もみ》の木にクリスマスオーナメントを飾り付けたり、大きなホールケーキを注文したりと子どものようにはしゃいでいた。久城はと言えば、言い出したはいいが具体的に彼のために何をしてやればいいのかわからないまま、あわただしく洋介の手伝いをしている間に、こうして当日を迎えてしまった次第である。

「それにしても、本当によかったの？　ご家族の方は」

「俺の誕生祝いなら、例年通り昨日のイブに済ませたからね。俺にとっては本当のパーティーは今日だから」

光本《みつもと》家のクリスマスパーティーには久城も招待されたのだが、今夜の準備があったので遠慮した。その代わり、ぜひにと請われ正月は光本家で共に過ごすことになっている。明るくて温かい家族の輪に入れてもらえるのが、今の久城は少しだけ楽しみだ。

――こんな日がくるなんて、思ってもみなかったな。

大切な人と、大切な日を一緒に過ごす。東京での生活では考えられなかった優しい愛のカタチ。それが今、目の前にある。

「これまでの誕生日で一番嬉しいよ。大好きな人にこんなふうに祝ってもらえるなんて。ありがとう、悠月さん」

照れもせずに礼を言い春の陽だまりのようにふわりと微笑む恋人に、胸が綿菓子のように甘くふくらむ。少年っぽい幼さを残しながらも、ときとして大人びた懐の深さと包容力で悠月を包んでくれる彼の素直な笑顔に接するたび、知らずどんどん惹かれていってしまう。

「ああ、まぁね、たまには、いいんじゃない」

ときめいてしまっているのに気付かれたくなくて、肩をすくめそっけなく言う久城を見ながら、洋介はクスクスと笑う。動揺を見抜かれていると思うと、さらに頬が火照ってくる。

「それじゃ、ケーキの前にご馳走いっていいかな？　すごいうまそう！」

せめてと思い用意した洋介の好物の料理に伸ばされる手を、久城は苦笑し軽く叩く。

「その前に、今日は何日だっけ？」

二十五日、『定期便』の日だ。「あーっ」と洋介は困ったように笑って、さんざん逡巡してから丸めた画用紙をいさぎよく差し出した。

「何？　今日は大きいの？」

「記念日だからね。ちょっとがんばってみたんだ。我ながらかなりの力作だよ」

恥ずかしそうにしながらも久城のコメントを期待しわくわくと瞳を輝かせる、この瞬間の彼の顔が好きだ。

「それじゃ、拝見」

芝居がかった仕草で丸まった絵を広げた瞬間、「へぇ、すごいな、これは……」と、思わず声が出てしまった。

紫紺の夜空と満天の星を背景に中央に描かれているのは小さな小屋だ。その中でベールをかぶった女性が赤ん坊を抱いている。聖母マリアとキリストのつもりなのだろう。小屋をとりまいているのは、キリスト生誕の知らせを受けたという羊飼いと羊達だ。

いつもながら上手いとは決して言えない拙い筆だったが、全体から温かみが伝わってくる優しい絵だ。そしてメッセージはシンプルに一言、『メリークリスマス！』

「実はひと月前から少しずつ描いてたんだ。結構手がかかってるんだよ」

「うん、そうだろうね。わかるよ」

紺や蒼を一筆ずつ重ねて塗った空。人物の細かい表情。服のしわまで手を抜かず、とても丁寧に描いてある。

——壁に貼ったこの絵を見るたびに、二人が今日の記念日を思い出すように。

そんな、彼の想いが伝わってくる。

「上達したね。素晴しく味のある聖画だ。システィーナ礼拝堂に飾られてもいいくらい」

「悠月さん、勘弁してくれよ。でも今日のコメントはちょっと甘口だね」

上達を褒められ嬉しそうな彼に、自分の用意したものを渡すのがややためらわれてきた。

誕生日のプレゼント、何にしようかとすごく迷った。洋介なら何を贈っても喜んでくれるだろうとはわかっていたが、店で買えるようなものは何か違う気がした。だから結局馬鹿の一つ覚えと言われようと、久城にできる唯一のことに想いを注ぎ込むしかなかった。

「あ……じゃあ、今日は特別に僕からも……はい、これ」

ちゃんと、誕生日おめでとう、と言って渡すつもりだったのに、慣れない言葉はなかなかするりと出て来てくれない。しまったと思ったときには照れ隠しのちょっとつっけんどんな口調で、綺麗にラッピングしたそれを差し出してしまっていた。

「えっ、俺に？」

洋介は涼やかな目を丸くする。手料理以外の贈り物をもらえるとは思っていなかったのかもしれない。

「たいしたものじゃないけどね」

寄ってきたスポットを撫でるふりで視線を泳がせたのは、気に入ってもらえるだろうかという不安で胸が高鳴っているのに気付かれたくないからだ。

「悠月さんからのプレゼントなら、何だって嬉しいよ！」

そんな久城の心の内をちゃんとわかっているかのように笑って、洋介が丁寧にリボンを解いていく。中から現れたB5サイズの小さな額を見た瞳が大きく見開かれる。

額の中の絵は、スポットを抱いて微笑んでいる久城自身だった。自画像を描いたのは初めてだし、笑顔の自分にもまだ多少違和感があったが、洋介にもらってもらうのなら素直な表情にしたかったのだ。

「ほら、僕も寝室に君の絵を飾っているだろう？　だから君にも。よかったらと思って」

コメントするどころか、絵をみつめたまま身じろぎもしない恋人の様子に急に心配になってきて、久城は早口で言い訳する。

「や、べ、別に飾ってくれとかいうわけじゃないから。気に入らなかったら捨てて」

「気に入らないわけないだろう！」

急に張り上げられた声に、久城とスポットは同時に肩を跳ね上げ洋介を見返す。溢れる感動を堪えるような嬉しさを隠さない表情に、久城の方がびっくりしてしまう。

「こんな嬉しいプレゼント初めてだよ！　これからは毎日、あなたとスポットといられるんだね」

感激に細められる瞳が潤んでいるように見えて、久城の心も震えてくる。氷の塊だった自分の心もまだこんなふうに何かに感動できると知ったのは、彼に愛してもらってからだ。

「ただの絵じゃないか。大げさだな」

笑って流したつもりなのに、声が少し震えてしまった。

「全然大げさじゃないよ。悠月さん、ありがとう。宝物にして一生大事にする」

『一生』なんてさらに大げさなことを言って、洋介はその絵を綺麗に飾り付けられたツリーの横に置いて笑った。絵の中で笑っている久城とスポット。そしてその隣で嬉しそうに微笑む洋介を見ながら、次は三人揃った絵を描こうと久城は秘かに決める。以前は描けなかった『幸せな家族の絵』を、今なら描けるかもしれない。

粉雪の舞う雪の日に、初めての定期便を渡しながら『今日は寒いですね』と彼が微笑んでくれた瞬間、凍り付いていた心をそっと両手でくるまれるような感じがした。自分とは別世界にあるはずだったぬくもりが、今は自分のものになったことがまだ信じられない。

世の人々のためにキリストが生まれた聖なる夜、神の恵みはひとりぼっちだった久城にもちゃんともたらされた。目の前で笑ってくれている人がこの世に生まれ、自分と巡り会ってくれたことを今、心から祝い、感謝する。

「ほら洋介、いつまでも見てないで。せっかくのご馳走が冷めちゃうじゃないか」

勝手に滲んできた涙を気付かれないようにすばやく拭い、絵に見入っている恋人の腕を久城は笑って引っ張った。手のひらから、永遠に逃げていかないぬくもりが伝わった。

あとがき

はじめまして。こんにちは。伊勢原ささらです。このたびはこの本『郵便配達人は愛を届ける』をお手に取っていただきまして、本当にありがとうございます。私にとって二冊目の文庫本、そしてルチル文庫さんから初めてのご本を出していただき、心から嬉しく感謝の気持ちでいっぱいです。

さて今回のお話は、山の中の小さな村を舞台にした、実直で心優しい郵便配達員と、都会から移り住んできたミステリアスな年上の麗人との、静かで温かい恋の物語です。村に馴染もうとせず孤高を保ち、常に冷然としているけれどどこか危うげに見える美しい人・久城に、定期便の絵葉書を届けながらしだいに惹かれていく配達員の主人公・洋介。手の届かない人に恋をして、報われないと知りながら、想いを尽くし好きな人を守ろうとする洋介の気持ちに寄り添っていただけると嬉しいです。二人を結び付ける癒しの存在、仔猫のスポットにもご注目ください。

退職し都会の喧騒を離れ、地方へ移住される方も最近増えているようですが、かくいう私もそんな『田舎暮らし』にはちょっと憧れを持っています。自然に囲まれた空気の綺麗な高原や、青い海の見渡せる景色のいい場所で、スケジュールにとらわれず散歩や読書をし、気ままに小説を書き、花を育てながらゆったりと余生を過ごす。おそらくは実現しないだろうそんな憧れを、少しだけ今作に込めてみました。穏やかに時が流れる優しい村で、ひそやかに育まれる二人の恋に、読んでくださる皆さまの心もどうか癒されますように。

イラストは、鈴倉温先生にお願いできました！　先生の繊細で美しい絵が前から大好きだったので、決まったときには嬉しさで舞い上がってしまいました。華やかさのない配達員の制服も、きっと先生の手にかかればものすごくかっこよくなるに違いないと今からドキドキしています。お忙しい中ありがとうございます。

そして担当さまのお優しい言葉の数々は、常に自信をなくしがちな私にとって何よりの励みとなりました。感謝しています。刊行に関わってくださったすべての方にも、心からお礼を申し上げたいと思います。

また、作品をお読みくださり応援してくださる読者の皆さま、支えてくれる家族や友人にも、何度繰り返しても尽きない『ありがとう』を捧げさせていただきます！

ポチポチと想いを込めて綴ったものを、こうして多くの方に読んでもらえる機会をいただけることがいまだに信じられず、嬉しさで感無量です。今後も精進し、お読みくださる方のお気持ちを癒すことができるような作品を目指して、地道に書き続けていきたいです。

本当に本当に、ありがとうございました。

伊勢原　ささら

✦初出　郵便配達人は愛を届ける…………書き下ろし
郵便配達人は神様の贈り物…………書き下ろし

伊勢原ささら先生、鈴倉 温先生へのお便り、本作品に関するご意見、ご感想などは
〒151-0051 東京都渋谷区千駄ヶ谷 4-9-7
幻冬舎コミックス　ルチル文庫「郵便配達人は愛を届ける」係まで。

幻冬舎ルチル文庫
郵便配達人は愛を届ける

2016年12月20日　第1刷発行

✦著者	伊勢原ささら　いせはら ささら
✦発行人	石原正康
✦発行元	株式会社 幻冬舎コミックス 〒151-0051 東京都渋谷区千駄ヶ谷 4-9-7 電話 03(5411)6431［編集］
✦発売元	株式会社 幻冬舎 〒151-0051 東京都渋谷区千駄ヶ谷 4-9-7 電話 03(5411)6222［営業］ 振替 00120-8-767643
✦印刷・製本所	中央精版印刷株式会社

✦検印廃止

ISBN978-4-344-83878-9　C0193　Printed in Japan